几乎
爱人

City Bird

秋微

著

中信出版集团 · 北京

图书在版编目（CIP）数据

几乎爱人 / 秋微著 . -- 北京：中信出版社，
2017.9
ISBN 978-7-5086-7824-5

I. ① 几… II. ① 秋… III . ① 中篇小说 – 小说集 – 中
国 – 当代 IV . ① I247.5

中国版本图书馆 CIP 数据核字〔2017〕第 148715 号

北京水木双清文化传播有限责任公司
经本书著作权人秋微女士独家授权全权处理与本书版权相关的所有事宜。
更多合作，敬请联系：qiu@gwrep.com

几乎爱人

著　　者：秋　微
出版发行：中信出版集团股份有限公司
　　　　　（北京市朝阳区惠新东街甲 4 号富盛大厦 2 座　邮编　100029）
承 印 者：北京诚信伟业印刷有限公司

开　　本：880mm×1230mm　1/32　　印　　张：9.5　　字　　数：206 千字
版　　次：2017 年 9 月第 1 版　　　　印　　次：2017 年 9 月第 1 次印刷
广告经营许可证：京朝工商广字第 8087 号
书　　号：ISBN 978–7–5086–7824–5
定　　价：42.00 元

自 序

不久前看一部纪录片，讲述美国喜剧明星金·凯利画油画的状态以及为什么画画。

那些画作，色彩极其丰富，但作品里的绝望扑面而来。画家自己说，他想用画画这个方式寻找答案，好以此填补内心的某个无法说清的黑洞。

我似乎特别明白他在说什么。

大部分创作都是为了寻找答案，大部分创作的动机都因为内心有一到若干无法说清的黑洞，大部分的创作者内心都是绝望的。

我自己也是这样。

只不过，很多时候我不好意思明目张胆地宣称这种绝望，光天化日太平盛世之下说"绝望"好像矫情了一点。

当然了，在我看来"绝望"不是坏事，就像"孤独"也不是坏事一样。

我特别感谢这个清楚的、漫长的绝望，因为有它的存在，多数时候我才活得很积极。我也把这种外表投入内心绝望的"特性"带进了我的作品，在那里，每个人物都看起来很尽兴，然而他们又总是遭遇不期而来的无疾而终。

然而，谁不是？

我是看《红楼梦》长大的，"盛筵必散"像一个天生的刺，长在我心底，时间长了，业已和我的人生观合而为一，时常隐隐作痛，这真是福祉——疼痛的存在，令人确定心神的存在。

天底下恐怕没有任何一件其他的事像"创作"一样贴近"爱情"。
我非常爱我写出来的那些人物，因此，不仅是为他们选择的职业或爱情，就连他们喜欢什么音乐、习惯去到哪里、热衷什么颜色、偏好什么食物或品牌，无一不是精心思考过的。且那些属于他们的爱好和细节，只能属于他们。
有灵魂的作品或品牌值得被重视和歌颂。
我也把我那个长了刺的人生观带进每一个作品，他们热辣地恋物，热辣地爱着，热辣地来了又去。正因为"必散"，所以才必须要使劲儿地把人生活成盛宴一场。

《几乎爱人》是在东京筹备和完成的。
我一直对一些非常东方的、对心念和情感的诠释特别着迷，所以试着想把它们藏在故事里。那些故事看似淡淡的，以我自己当下的审美，真正动人心魄的，早已不是"强情节"。
《暗恋时代》好像在讲一桩"暗恋"，它有一个重要的起因是向茨威格致敬。《一个陌生女人的来信》大概是我这辈子看过的第一个"言情小说"。所以我用了向经典致敬的"暗恋"当引子，想要表达的是，很多时候，我们的"时光"，都被我们的"以为"误导了，我们被自己的执着带去了其他的地方，没有归途。这不存在好或不好。人生总归会剩下很多的遗憾，只要假使从遗憾获得的是怜惜，遗憾就值了。不论对错过的人,也一样对自己。

《爱,不由自主》构思得最久也写得最长,这两个元素加在一起未必等于"更好"。我的编辑们开玩笑说为什么三篇像三个不同的人写的。

连我自己都能察觉到笔触的不同。

我也任由它们各自不同。

这或许也基于一个客观的原因是,这两年我把自己安排成了"双城模式",不同的环境确实会影响行文。

主动的飘摇感尽管会增加辛苦,但同时获得了意外的清静。到目前为止我喜欢这种没有固定在某一个"江湖"的生活。

很多时候烦恼和戾气都来自局限,一个人对社会最基础的贡献就是先管理好自己。人人有责首先是人人对自己有责。

不论什么创作,大致都是呈现审美和世界观。而这个审美和世界观的传达,创作者决定一半,观赏者决定另外一半。

在讨论《几乎爱人》的宣传方案时,中信出版社负责这本书的女生忽然笑说:"我觉得这本书里的爱情都特别'丧'。"

大家本来以为是一句笑话,都笑起来,笑完,似乎又没有其他的字词可以反驳。

因此,就有了"丧式爱情"这个主题。

我对此没有异议,在我心里,最理想的状态是尽量用作品说话,自己少说。

那么"自序"的存在,重要的意义,是表达感谢。

尽管写作是一个人的事,但,生存不是一个人的事。

和以往一样,每篇小说因不同人物设定、不同背景构成,需要做大量功课,了解和学习不同职业、不同领域的常识,过程中获得了许多专业人士和亲朋好友的支持，特别感谢如下：

张绍刚先生、黄宜君女士、许晴女士、陈默先生、李响先生、刘同先生、郑焘先生、郭涛先生、尹茸苑女士、吕骏先生、卞晓帆女士、范小青女士、张凌凯先生、李思齐女士、焦剑先生、范伊力女士、张皓宸先生、杨杨先生、依辉先生、傲立先生、王若晞女士、九花女士、郭宁女士、李欣琢女士、程璧泓女士、谢刚先生、周昊先生、戴克莎女士、周立华女士。

顾晓东先生、松峰莉璃女士、玉置彰彦先生、戴蓉婧女士、林一郎先生、外所一石先生、草野大地先生、河野由香女士、婉恩女士、程方女士、陈小乔女士。

生命滙抗衰防癌医学中心首席医疗官陈君平博士、健康管家李姣女士。

上海永远幸妇科医院范煜院长、刘颖医生。

张岩峰律师、郑小强律师。

感谢中信出版社李静媛女士、杨瑜婷女士。

感谢我的图书经纪公司水木双清北宜女士。

有你们才有这本书的顺利出版。

特别谢谢朴树先生手写了《清白之年》中的歌词作为这本书的书签。

创作是一件既孤独又艰辛的事，承蒙各位的支持、帮助和鼓励。

如果说，我对这本书有什么样的期许，这个期许就是：这三篇小说的审美和世界观，能激发出令人内心更柔软的空间与可能。

秋微

目
录

几乎

爱

人

一　我妈

那几个月我们家真是不太平。

先是我爸被调查了。

一起被带走的一共三个人，我爸、他的一位合伙人，还有他们公司财务总监。

后两个人当天就被放回来了。

我爸被留下了。

"早晚的事儿，早还早了！"我妈说。

只要跟我爸有关的事儿，我妈的评论都带一股冷眼旁观的孤傲。

我爸是个做生意的。我爷爷奶奶都去世了。从户口簿上看，我和我妈是他仅存的"亲属"。

我妈生于艺术之家，父母健在。

她爸爸五十岁之前是交响乐团指挥，几年前到音乐学院当客座教授。她妈妈年轻时是活跃于舞台的大青衣，演不动了之后积极进取，以四十岁高龄考取了上戏①，到现在都还是活跃于舞台的著名戏剧导演。

我妈姓钟，因出生那天碰巧赶上农历八月十五，我外公给她取名"钟秋"。

成年之后，我妈因颇承袭了些处女座的讲究，周围的人对她的态度也都只得跟着端庄起来，他们叫她"秋小姐"——在不失昵称的亲切前提下，缀上"小姐"二字，保全了人民对处女座普遍存在的距离、揶揄以及等量的敬意。

我妈年轻时候是跳舞的。

我爸有一回经人介绍跟一个女的相亲，那女的热爱文艺，约我爸去看我妈演的舞剧。

结果我爸被我妈台上的风采迷住了，当场就把那位相亲的女性晾在一边，去后台找我妈要电话。

"我老婆，那大长脖子大长腿！一女的如果没脖子没腿，有胸有屁股也没用！"

这是我从我爸那儿听到的他对我妈唯一的赞美，好像我妈值得他肯定的只有外形，还是外形的局部。

也许这就是他的肺腑之言。

反正，为了我妈的腿和脖子，我爸当年展开了热烈的追求。

我爸追我妈的方式非常老套，就是给我妈买贵东西。

我妈嫁给我爸的原因也非常老套，就是她的父母强烈反对。

---

① 上戏是"上海戏剧学院"的简称。——编者注

"你的梦想呢？你的追求呢？"我外婆质问我妈。

"我的梦想就是当少奶奶，我的追求也是当少奶奶。我看了那么多悲剧，演了那么多的悲剧，还不够吗？我的人生得是个喜剧！起码不悲。"我妈回答。

"你以为谁想悲就能悲吗？悲是需要头脑、需要心灵、需要足够感受力的！你那最多就是个贪图享乐！离'喜'十万八千里！"

"您富裕过吗您就批评富裕！"我妈继续争辩。

"我批评的是肤浅！是懒惰！是愚蠢！"我妈的妈不依不饶。

两代人谈崩了。

我妈言出必行，嫁给我爸之后就不跳舞了。

"你以后也得嫁有钱的，然后自己掌握钱。你们这代人多好，受这么坦然的教育。我们小时候，那都什么啊，好像为富必定不仁，好看肯定是婊子。谁说的？穷人大坏蛋多了去了，那些长得丑的脏心眼子也多了去了。你啊，给我记住，女人啊，一得好看，二得有钱——爱钱有什么不好？钱能让人自由。只不过呀，大多数人就止步在爱钱这儿了，因为'自由'是个高级的事儿，不是所有有钱的都知道怎么自由。有钱的蠢货多，但，那不能赖钱啊是不是？这个道理太深奥，你以后慢慢领悟，先有钱再说。"

外公外婆因为反对了我妈的婚事，所以跟我爸一直有芥蒂。外婆作为一个艺术家，不知道怎么给自己台阶下，我爸作为一个普通商人，只会推销商品不太会推销自己。所以这两代人一直没相处出和谐的家庭氛围。

"好不好都是我选的，我自己担着。"这是我妈嫁给我爸时候的宣言，她也是照这话履行的，她也没有特别想推动增加她父母和她丈夫之间的感情。

我爸被抓去调查之后，我妈每天见不同的人讨论应对方案。

她喜欢钱，但不贪财，最爱说的口头语之一是："钱能解决的问题就不是问题。"

我从小目睹她对钱的态度，像一个达观的女性对待爱情的态度——看到机会就积极争取，拥有的时候相当珍惜，缘尽失去的时候该放手就放手。

大概就因为她对钱的这个态度，所以总能化险为夷。

除了忙我爸的事儿之外，我妈自己那些常规安排都照常进行。我也没听她跟无关的人说起过我爸的事儿。

"Yuki 你记住哈，人哪，有好事儿的时候呢，自己高兴就行，不用满世界跟人显摆，省得招人忌妒。有坏事儿更不用满世界跟人诉苦，省得招人笑话。"这是我妈对我的教育。

我也不知道她这算不算对人性过于悲观。

表面上看，她挺平静的，确实没跟谁诉苦，但该试的办法，也尽数试了。

等忙了好一阵子之后，有一天我妈跟我说我爸的问题暂时解决了。

"我算对得起你爸了，这回为了能把他捞出来，可累死我了。等他出来了，我得让他立遗嘱，咱家剩下的这些家当，都得是咱俩的。"

隔天她好像很有闲情，让司机小冯开车，她带着我去了几处我们家刚被没收的房产,在那天之前,我并不知道我们家还有这么多家业。

"喏,看见了吗?"每到一处,我妈都把她评价我爸的话再重复一遍,"你说就凭你爸,他要是单凭真本事,买得起这么多房?我早说了,没那么大命就别那么大胆。果然不出我所料,退赔了吧!这下踏实了,挺好!"

我妈说这些的时候,保持着她对我爸一贯的不屑,似乎那个当时还被羁押审查的人,不是她结婚超过二十年的丈夫;似乎这些被没收的房产,从前和以后都跟她无关。

"君子爱财,取之有道,一切的祸根都是贪心,对财富,对感情,都一样。"我妈看着车窗外说。

当时的车里除了我就剩司机小冯了,所以我也判断不出她是在教育我还是仅仅在自语。

那一瞬间,我觉得我妈挺孤独的。

但我也不会因此对她做出什么温情表达。

我对她的这种孤独已经习惯了。

她经常会因为一个什么看起来没有上下文的理由,就"当众孤独"起来。

有一回我们例行去香港购物,那天在海港城买了好多东西之后去马路对面吃甜品。

排队等座位的时候她把新买的 Tom Ford① 的口红拿出来,几个颜

----

① Tom Ford,汤姆·福特,设计师、导演、制作人、编剧,2006 年创立个人品牌"Tom Ford"。——编者注

色比了比，好像哪支都不舍得给我的样子，递给我又收回去，来回几次。

排在我们后面的一个外国人开玩笑说："对你妹妹好一点。"

我妈立刻高兴得像个孩子，她特别喜欢听别人说我们是姐妹。

等坐定，点好了一桌子下午茶之后，她好像高兴累了，刚才一脸的笑容融化在脸上，眯起眼睛对着窗外一幅巨大的金城武的海报发呆。

看了半天之后她说："有时候想想，这个世界，谁都会消失，连这么好看的人都难以幸免。还真挺没意思的。"

说完她叹了口气，依旧是对着窗外的金城武说道：

"好看的笑容就像玫瑰，是玫瑰就会凋零。"

感慨完，转脸，五官在脸上重新振奋了一下，挑起一边的眉毛叫服务员加了两个杨枝甘露。

每到这种时候我就沉默。

我妈总是猛地就孤独上了，似乎孤独就是她的人设。

有一次我背着我妈跟我爸感慨说，你看你们过得看起来锦衣玉食的，但妈妈好像总是挺孤独的。

对此我爸是这么评价的，他先"哼"了一声，然后说：

"你妈这个人，谁她都看不上！活该她孤独！"

这个评价虽然听起来无情了点，但基本上也不失客观。

我妈没有来往特别密切的朋友。

她不喜欢跟其他年龄相仿的已婚妇女讨论丈夫孩子或珠宝首饰，嫌人家"庸俗"。

她也不喜欢跟不同年龄段不婚或不育的文艺女中青年交往，说是"太把自己当回事或是性冷淡的女的才会单着，这种人我跟她们聊什么啊"。

她也不是完全没朋友，跟她有过密切来往的那些人多半是她在她的"兴趣小组"认识的。

她有好多兴趣小组，每一两年换一个。她跟不同的人打球、滑雪、爬山、骑马、跑步、跳伞，都是有钱有闲工夫的人参加的项目。

我妈会玩儿爱玩儿，风韵犹存又是已婚，不存在需要谁担责任的风险，所以那些男的也喜欢跟我妈一起玩儿。

但那些男人们的太太或女朋友们似乎不是太喜欢。

"一个女人得活得多悲哀啊才会每天像盯贼一样盯着自己的丈夫都跟谁来往密切啊。"

话虽这么说，终究被当成嫌疑人不是太愉快的事，我妈每每也是乘兴而去，知难而退。

时间长了，她又看得上的、又能跟她说心里话的人屈指可数。

她自己的父母算是两个，然而也闹掰了。

嗯，我的那位当导演的外婆和我妈在几年之前决裂了。

决裂的原因在我看来有点不可理喻：

她们是因为艺术理念不同决裂的。

那天我外婆导演的一部歌剧在国家大剧院演出。

我外婆给了我妈两张票，嘱咐她带着我去看现场。

这种事在我们家是惯例，我外公外婆有什么演出都只给两张票，并且指明让我妈带我去。

我爸对此表达过不满："你爸妈就是有那种搞艺术的狭隘心理，非得拉一个排挤一个！'文革'在他们心里就从来没结束！"

"他们要是请你去看，你去吗？"我妈反问。

"我去不去是我的选择，他们请不请我那是个态度问题！"

"你说得没错啊，这就是他们的态度啊，'士农工商'，他们是'士'你是'商'啊。"

"哼，别假清高了，没有'商'哪来的'士'！"

"你这个人啊，真有意思，想要的也争，不想要的也争。几十岁的人了，小男孩儿似的。"我妈说着站起来拍了拍我爸的脸，用笑声结束了这场争论。

那是我妈的惯技，她总是在表达不同意见的时候用亲昵的手势和柔软的词，然后用笑声盖棺论定。

所以我爸从来也没在争吵中赢过我妈，结果就是他们的对话越来越少。

我妈也不怎么跟别人吵架。

好像他们家祖传的就是不吵架。

然而那一次，我妈和我外婆，大吵一架。

回到当天的现场。

那是一个当代题材的四幕歌剧。

听完第一幕，我妈在我耳边说："我的妈呀，这个作曲自己没长耳朵吗？这写的是什么啊，难听死了！咱俩别跟这儿受罪了。一会儿等你外婆谢幕的时候我们再提前回来。"

我会意，跟她一起溜了出去。

那歌剧写的，确实难听了点儿。

女高音在唱她最重要的咏叹调的时候，表情痛苦得好像同时在经历痛经和便秘，她脸上一直盘踞着巴不得一吐为快然而力不从心的狰狞表情。

我们俩溜出歌剧厅，本来打算去唱片店喝个咖啡消磨时光，路过戏剧厅，发现里面正在演出孟京辉导演的一个戏，我跟我妈看已经没有人检票，就摸黑溜进去就近找了两个空座位坐下。

等估摸着外婆的歌剧快要结束的时候，我们俩从戏剧厅出来鬼鬼祟祟准备返回歌剧现场。

哪知道，刚走到戏剧厅门口，就碰上了正在跟孟京辉聊天儿的我外婆。

我外婆当时没爆发，但她也没向孟京辉介绍我和我妈，只是淡淡地点了个头，像大艺术家碰上自己的粉丝一样。

隔天我妈赶紧又加订了两个花篮让人送到现场，我外婆也只是用短信回了"收到"两个字。

第三天的演出结束之后，周末，我妈例行带外公外婆去福楼吃饭，我作陪。

"你知不知道起码的尊重？"前菜刚端上来，我外婆就按捺不住了。

"您自己不是也没看吗？"我妈试图辩解。

"我是导演你是观众，这具有可比性吗？"外婆说。

"戏挺好的，您导得非常好！一如既往的好！就是音乐写得太差，那个音乐实在配不上您那些巧思的设计和调度。"我妈赶紧阐明立场。

"你不要避重就轻!"

"我这怎么是避重就轻呢,您说,一个歌剧,音乐写得那么差,您导得再好也救不了它啊。"

"你怎么能这么狂妄?"外婆看我妈不认错,越发生气了。

"我这怎么是狂妄?音乐的确写得不好嘛。谁让您和我爸从小给我听好的听多了,把我耳朵养刁了。呵呵。"

我外婆没理睬我妈的讨好,继续追讨道:"你有什么资格批评人家写的音乐,你又懂什么音乐!"

"您也没当过厨子,您不是也到处批评人家菜品的问题嘛。"我妈依旧努力地笑着,企图用"笑"这个撒手锏结束这场对话。

"不许对你妈妈这么说话!"我外公发话了,"作品不听完就离场,这就是你的不对!"

我外婆受到保护,变本加厉:"我说你不是因为你没看完我的作品。我说你是因为你太狂妄!你不要用你所谓的见解去掩饰你的狂妄。嫌人家音乐写得不好?哼,你连贝多芬都敢批评,还有什么音乐能入得了你的法眼!"

听到这儿,我心想"完了"。

"贝多芬"是我外婆和我妈之间的死结。

关于贝多芬的争论是这母女俩之间较量的绝活,从来没有分出过胜负。果然,那天,又是这个互不相让的话题,把争论推向了不可收拾的巅峰。

"我不是批评贝多芬,我就是觉得他在艺术方面的贡献和造诣被夸大了。"

"怎么被夸大？比激昂哪个作品能超过《贝五》①？比恢宏谁的作品能超过《贝九》？嗯?!"

"我没有否定《贝五》或《贝九》，我是讨厌他几百年了还被当成革命家给供着。那些没必要的仰视，弄得老贝跟老天爷派来给大家治疗颈椎病的一样！同为古典乐派，贝多芬一部像样的歌剧都没有，就像一个作家没写过小说，那能算什么作家！莫扎特比贝多芬伟大太多了，心灵也平实太多了，从来没有企图加官晋爵，并且莫扎特从来不利用立场说话。"

"贝多芬的立场有什么问题？如果能被贝多芬代表那是荣幸！你经历过什么？你又了解什么？你根本无法想象，像我跟你爸爸这样的人，在经历过我们那个年代之后，听到《英雄》听到《命运》是多大的激励！如果那时候就只有莫扎特，我们是听《魔笛》呢还是听《安魂曲》？都是死路一条！"

"不能因为您经历过特殊年代就过度夸大贝多芬的艺术贡献。艺术就应该纯粹一点，不能因为标榜的所谓'政治正确'就夸大其艺术价值，就像毛时代的鲁迅一样。"

"你住嘴！你太可怕了！你不仅诋毁贝多芬！你连鲁迅先生都不放过！"我外婆说到激动处，不由自主端起了大青衣的架势，声调也提高了，眼睛也瞪圆了，肩膀也耸起来了，好像一头母狮子要保护领地一样，一副一触即发的样子。

"我不用非要经历才能了解啊。历朝历代，大多数向权势挑衅的

---

① 这里的"《贝五》"指贝多芬的《c小调第五交响曲》，下文的"《贝九》"指贝多芬的《d小调第九交响曲》。——编者注

艺术家，心里其实不就是憋着想被招安吗？他们那根本就是用挑衅在求招安！求到了名利双收，求不到名垂青史，我们还要巴巴地永世歌颂，凭什么啊！"

"你对艺术有多少了解？你对艺术家又有多少了解？你一个无所作为的家庭妇女，不学无术，半瓶子醋在这大放厥词！"

我外婆想必是愤怒了，拿出我妈最介意的"身份问题"当作攻讦。

我妈也被激怒，放慢了速度，说出了令她们母女冷战了半年多的那番话：

"您说得没错，我是家庭妇女，我是不学无术的半瓶子醋，我从来没有否认过这一点。起码我给我女儿示范的是'知行合一'！我倒要问问您，您的作品没得奖之前，成天介在家当着我批评戏协，批评文联。后来呢？人家给您奖之后呢？您还批评过吗？戏协还是那个戏协，文联还是那个文联不是吗？您的批评呢？您的立场呢？您口口声声作为一个艺术家的气节呢？"

"钟秋！你放肆！还不快闭嘴！"我外公喝止我妈的同时往桌子上使劲掼了一下他手里的水杯。

然而已经晚了。

这对血缘紧密的妇女基于对彼此的了解，拿出最狠的话攻击了对方的软肋。

真正的伤害永远来自了解和在乎的人，我妈和她妈用几句脱口而出的狠话和之后好长时间的不说话证明了这一点。

我外婆当场气得站了起来，离开之前指着我妈手指颤抖酝酿了半天，说了一句：

"我这是'虎落平阳被犬欺'！"

说完老夫妻俩互相搀扶着愤然离席。

我思忖着我外婆最后用的比喻有些词不达意，但一时也没替她想出更贴切的成语。

我妈不顾福楼那几个服务生的眼光，坚持和我吃完了那顿法餐。

整个午饭的过程她也没提跟我外婆的争执，只是在回来的路上淡淡地说："Yuki，艺术这东西啊，只能当玩意儿，不能当职业。人啊，一旦真爱上艺术，就不会爱真实世界里的人了。你看你姥姥，你再看我。有什么意思？为个贝多芬，跟自己亲生女儿急赤白脸，一点远近亲疏的基本正确观念都没有！所以说啊，从小我就坚决不让你学艺术，就玩玩儿还行。最多当个技能以后跟人调情的时候使。也就这么大点儿意思了，呵呵。"

那天我们吃了生蚝，喝了香槟。

吃到甜点的时候我妈跟我说："Yuki 宝贝，你以后啊，结不结婚都行，反正，我跟你爸给你留的钱足够你不用看人眼色行事。但是你一定得生个小孩儿。我有时候想想，我要是没你，我现在就连个说话的人都没有了，那多可怕。我对世界的一腔热忱，搁现在，不对你使，简直就没地儿投放，都成误会了，哈哈哈哈。"

尽管她说完那句又笑了起来，但那个笑的画面，真是寂寞啊。

那天之后，一直到我爸被抓，我妈跟我外婆都没说话。

偶尔她提到我外婆，说最多的是："我这辈子，怎么就没找一个像我爸爸对我妈妈那样的男人。"

在我们家少了许多套房之后，我爸回来了。

我爸妈之间的相处并没有因为这次事端发生什么改变，至少当着我的面没有。

他们没有增加交流，也没有刻意减少。

没有对对方更客气，也没有更不客气。

一切跟以前一样，两个人谈论什么都言简意赅。

非必要的时刻都在各自的房间。

我爸永远在打电话。

我妈要么在唱歌，要么在健身，要么在理财。

要么借我当靶子独白。

当然我也不用太替她担心。

我妈有过好多爱好，从我有记忆起，她以平均每两年的频率换一个爱好，而且对每个爱好都特别投入。如果所有爱好都有考级的话，她每一项应该都能达到"业余八级"。

不过，她放弃得也特别快。还总是没什么征兆，前一天还爱不释手，后一天就一去不回头。

最近两年她喜欢上了"盛装舞步"①，每天早上风雨无阻去郊区

———————————

① 盛装舞步，又称花样骑术和马场马术，是马术运动的基础。——编者注

跟马在一起待俩小时，即使在我爸被抓走之后她也一天没耽搁。

一个女的，只要还有"自己填满自己时间"的能力，就没什么可担心的。

比起来我爸显然没我妈那个定力。

虽然他回来之后看起来跟以前没什么两样，但没过多久，他的身体就暴露了他的内心。

那天，没有什么先兆的，我爸忽然就中风了。

当天晚饭后，我爸倒了一杯威士忌看一个体育频道，我妈给自己开了一支小瓶的香槟在反方向的另一个电视上放她喜欢的美剧《傲骨贤妻》，两个人开的音量都控制在没干扰对方的范围。

跟平常一样，只有屏幕里的人在对话，我父母跟我都没有对话。

我妈喜欢《傲骨贤妻》里的 Will，那天放的那集，Will 死了。

我妈大概看的有点脆弱，关了电视之后跟我爸闲聊。

我爸歪着头斜倚在沙发里，我妈说了好几句他都没回答。

我妈不高兴了，走过去批评我爸的坐姿，这才发现我爸中风了。

"才五十出头就中风。"我妈抱怨道。

也看不出她情绪有什么特别的起伏。

就是按部就班地应对这个突发事件，除了遵守西医的抢救，她也暗中去找了她信任的中医和法师。

"尽人事听天命。"我妈说。

这六个字那一年在我们家出现的频率特别高。

之前在我们家持续了十几年的平静好像被彻底终结了一样，我爸工作出事儿和健康问题只是一个序曲，跟着又接二连三地引发出一系列狗血剧情。

比如，因为我爸中风，我才知道原来我还有个妹妹。

这个妹妹出现的时候，我正坐在病房里刷手机。

护士带进来一个少妇和一个少女，她们看了我一眼，似是而非地打了个招呼，然后就并排站在我爸病床前抽抽搭搭开始掉眼泪。

我正纳闷，我妈交完钱回来，看到这一幕，一脸嫌弃地说："这人又没死！哭得这么丧气！"

我一时愕然，没搞清楚人物关系。

少妇向着我的方向推了一把少女，轻声说："叫你姐。"

我妈的嫌弃加了一倍，提高嗓门嚷道："这人又没死！着急认什么亲啊！"

然后转向我延续着嫌弃和高嗓门冲我嚷："你还不走？跟这儿等着认亲呢吗?!"

就这样，我们俩把还在昏迷中的我爸留给了那两个陌生女性。

"谁啊这是？"出了医院我试探着问。

"你爸女朋友和他们生的下一代。"我妈说。

"你知道她们啊？"我问。

"嗯，前天刚知道的。"我妈说。

"啊？"我惊叹道，"妈，你能不能表现得像个正常女性，你这么处乱不惊，一点都没有给我起到表率作用，以后等我碰上人渣，我都不知道应该怎么应对！"

"你爸又不是人渣。"我妈白了我一眼。

"都瞒着您在外面生娃了你还维护他！"

"在外面生娃只能说明他当时具有生育能力，不一定说明他是人渣。"

"这都不算那什么才算？"我质问。如果仅仅是看我和我妈当时的情绪，很难判断人物关系。

"你仔细看看那女的，"我妈冷静地跟我分析，"也没有很年轻，也没有很好看。而且，一个女的，又溜肩膀又平胸，穿上和脱了都好看不到哪儿去。白白的一张平脸，还是个单眼皮。你说，你爸这是上哪儿去找了个人到中年脸上还什么都没动过的？也是挺不容易的。"说完她跟自己笑了笑，叹息道："想看清一个男人的内心就看他选什么女人，你说你爸得多孤独，才会选这么个连点特征都没有的女的。唉，真是可怜啊，家里有个老伴儿，好不容易外头弄一个，还是个老伴儿！家里生了你这么个不省心的，外头好不容易再生一个，看着还不如你呢！这样的人，我跟她掰扯得着吗？"

"什么叫'不如我'啊！再说，您不能眼睁睁地看着别人破坏咱们家的安定团结。"我愤然道。

"咳，就凭一个 Botox① 都没打过的女人，她能破坏咱们什么呀？咱们家的钱都是我管。你爸最好的时候也是跟咱们在一起。现在，嘴歪眼斜的，说一句'想喝水'都要先颤抖二十分钟，这水还没喝

---

① Botox，即保妥适，注射用 A 型肉毒杆菌素，用于微创整形。——编者注

上呢，嘴里的口水倒先流一地了。万一治不好，说不定从此就半身不遂了。以后床前需要人贴身使唤，你说，是指望你还是指望我？这忽然冒出俩护工，还是有特殊关系的护工，也不用装闭路电视暗中观察她们会不会趁咱们不在家虐待你爸，怎么能说是破坏呢，简直是雪中送炭！"说完她自己笑起来，好像真的被她自己的理论说服了一般。

"妈，你正常点好不好，你现在谈论的可是你的丈夫我的父亲！"我维权道。

"哟？Yuki 酱，看不出来，你挺一身正义的嘛，那行啊，打今儿起，你去伺候'你的父亲'？反正，实话告诉你，让我每天给'我的丈夫'端屎端尿，我是做不到的。就意思意思还行。"我妈斜了我一眼，笑说。

我没有因为我妈的调侃就增加去医院的次数。

她也没有。

我爸的另外两位亲属倒是起早贪黑兢兢业业的。

我们四个女的在医院医护人员异样的眼神中根据我妈列明的时间表轮番去照顾我爸。过程中有几次交接班的时候碰过面，没有蓄意热情，也没有特别冷漠。

等我爸明显好转之后，我妈对我爸的女朋友和他们的女儿说："姐妹们，要不这么着，你们先回去吧，等我跟我的丈夫和我们家大小姐商量好了，有什么具体的方案再通知你们。"

少妇和少女临行之前到我爸床前告别，我爸那个时候已经恢复了全部行动能力，但少妇推少女去抱我爸的时候，他就假装痉挛手耷拉在床沿上，用眼角偷瞄着我跟我妈。

我妈拿出大婆风范，拍着少妇的肩膀把那母女俩半送出去："别哭了别哭了，你们也算熬到头了，下次再哭就是喜极而泣了。"

等我爸出院之后，我妈真就把离婚的事儿提上了日程。

令我意外的是，我爸竟然不同意离婚。

"咱俩就别假装谈感情了，Yuki 也长大了，你外头又早有人了。生意也没以前好做了，你也阶段性身败名裂了。我呢，你也知道，既有生活洁癖又有精神洁癖，我是接受不了跟你共处一个屋檐下了。要再勉强维持这个婚姻关系，你就得搬出去另找个地方住。你呢，既然暂时无法开源，还不计算着怎么节流啊?"我妈对我爸晓之以理。

我爸被堵过的脑血管想必也不太灵光，皱着眉头抽了十几根烟，就这样默认了我妈的说法。

于是他们俩带着各自的律师开始讨论分家产。

将近两个月之后达成了一致。

我妈要求当着所有当事人的面宣告她跟我爸商议的结果，因此我爸的女朋友和他们的女儿也应邀参加了会议。

根据协议，他们夫妻俩财产分割清楚，从此不相往来。

我妈给我争取了可观的经济利益并由她代为管理，至于未来我是否愿意跟我爸保持联系纯属"随意"。

但我妈明确了我跟同父异母的妹妹以及她的母亲"不得过度往来"。

"你也不是章子怡，带好自己的就行了，就不必借我女儿演后妈给别人看了。"我妈对她的继任说，语气斩钉截铁。

我爸搬走那天哭成了泪人。

"别哭了，再哭当心脑血管又堵上了。"我妈劝道。

我爸不听，继续哭了半小时。

不知道为什么，他女朋友也跟着哭起来，她一哭，我那个同父异母的妹妹也哭起来。

我被他们哭出了心酸，刚想参与一下，回头看了一眼我妈，忍住了。

我妈那天，穿了一件白色的衬衫，黑色的高腰阔腿裤，梳了一个高马尾，被我爸无数次赞颂的"大长脖子大长腿"在这一身行头下相当显眼。她就那样腰板挺直肩膀放松地端着她的咖啡半靠在沙发背上垂着眼皮，那样子，好像她说完了她的台词就先行进入了另外的维度，像我们这样的"众生"已经无法占据她的念头一般。

我爸所有试图表达感情的举动都被我妈一身黑白和一张冷脸给阻止了。

"你们也是，哪有哭成这样奔向新时代的？"我妈用我无法理解的置身事外的态度送走了她结婚超过二十年的丈夫和跟她丈夫相好至少超过十年的外室。

我爸哭归哭，属于他的东西一样都没落下。打包和清点用了两个星期时间，他搬走两个月之后，新闻上说一个画人文画的当代艺术家辞世了。我爸又遣人回来从书房里拿走了几幅几年前我妈买的那个艺术家的画作。

"你爸这个人就是这样，一阵一阵地就忘了体面。"

这是事后我妈对我爸的评价。

一模一样的评价几个月之后她又说了一次，那次是因为她发现我爸几年前就在加拿大给他的那位外室买了一套房子，而他跟我妈协议离婚的时候对此做了隐瞒。

只剩我跟我妈的家也没有特地增加对话，客厅里长时间地响着肖邦。

"肖邦在音乐界，就像白色在时尚界。永远不出流行，也永远不抢风头，既自成一格，也不像黑色那么自以为是。"

我妈说，她有很多类似的理论和秩序。

她自己的生活被她自己的理论和秩序规范得井井有条。

我不知道在那些理论和秩序里掩盖着什么，但一定有些什么吧。

我也不便多问。

我们不是那种所有事儿都互相掺和的家人。

基于这个缘故，我好像没有经历过青春叛逆期，因为不太需要。

我父母都不太打听我在干什么。

但他们对于我必须要做的事儿都有明确的规定和相应的奖罚条例。

我从小就会因为回家超过规定时间被罚没了零用钱。

当然考试成绩没达标他们也会精确地按比例减少或干脆切断零用钱。可怕的是这对在其他事情上长期存在分歧的夫妻在管理我的时候步伐统一且言出必行，说扣除就扣除，说不给就不给。当然，该奖励的时候也会履行诺言。

我被我父母的行为教育成尊重规则的人。

再说，谁跟钱过不去？

所以我的功课一贯还可以。

至于别的。

我没有过"缺乏"的经验，所以对什么也没有过度"贪图"。

我也没有过被压抑的经验，所以也不会对外面的世界过度好奇。

我从初中开始就带男同学回家做客。

我爸妈见怪不怪。

有一次我在书房跟一个男同学接吻。

被我妈进来撞见了。

我们俩吓一跳赶紧放开对方分别往后倒退了半步。

我妈当场笑起来，而且是不怎么控制的大笑。

"笑什么啊，神经病。"我嘟囔道。

"傻样！都十六了接个吻还接成这样！俩小废物！"她说着从桌子上的纸巾盒里抽出一张纸巾，擦了擦眼角笑出来的眼泪，然后走到我和男同学之间，回头对那位男同学说："你，看着点儿！"

接着就凑过来给了我一个湿吻。

"妈，你干吗啊？变态！"我被她亲得猝不及防。

她没理我，转脸问我的学生男友："看清楚没？你们男的要略微侧着点儿，嘴别张那么大，动作要轻，状态要紧，要知道'借力使力'，跟咏春差不多是一个意思，懂了吗？"

她说完就"咯咯咯"地笑着离开，出去的时候还特地把书房的门关好。我那位男同学目光一直追随着我妈的背影，在她关门的一刻，我觉得他的眼神都好像要努力侧成一道超薄的光好从门缝挤出去继续追随我妈。

我妈的嘴唇很厚但很软，好像自带一个吸盘，有种瞬间的附着感。

我从来没见过我妈跟我爸或任何人接吻的画面，但那张嘴透露了一种熟能生巧。

我那位男同学过了好多年每次我们见面他都会问起我妈。

每次问的时候都装作不经意，装得又不太像，一副心怀鬼胎已久的德行。

这样的一个妈，有一天，忽然失踪了。我妈在离家后给我发了一条微信。

微信是这么写的：

"Yuki 宝贝，妈妈出去一阵，不用找我。我会在每个月一号按时把你当月的零用钱转给你。信用卡你也可以照常使用。任姐和小冯的工资我都会按时付，你照常用。每周二和周五上午会有一个师傅来修葺我那些盆景，小任会接待，你不用为此做什么。学校的事你自行安排，你的淘宝店可以继续经营但未经允许不许卖我的东西。特别注意的事项如下：1. 可以交男朋友但要做好措施，非想约会可以带回家，不许留宿，特别注意做好安全措施，避免疾病，避免怀孕（一旦怀孕不许堕胎）；2. 可以去夜店可以喝酒不许喝醉，不许晚于十二点回家，尤其不许尝试任何违禁品，一旦被发现我让你立刻一穷二白；3. 可以去你外公外婆家混饭，不许提我外出，他们俩心血管都不好，吓坏哪个你也照顾不了，你敢跟他们提半个字一样是立刻没收所有归你的财产。特别说明：你妈没得抑郁症，不是自杀，也没犯罪，不是畏罪潜逃，你不用担心，过一阵子我就回来了。"

在以上那条微信后面，隔了半个小时还有另外一条比较短的：

"Yuki 我的宝贝，环顾四周，妈妈的世界就只有你了，你的世界还会有很多别人，这真让妈妈羡慕。所以，你要看好自己。妈妈看好你哦。"

我蒙了两天，仔细复习了我妈的留言，理清了哪些做法不会影响收入之后，我联络了我爸。

"你妈去找她老情人了吧！"我爸在视频里沉着脸说，他在中风之后总以自己是病人挟以自重，说什么话都沉着脸，对面部表情格外吝惜。

"你们俩可真行啊！"我隔着电脑冲我爸连续翻了好几个白眼，"你们说说看，咱们家，就咱们仨！你外头有一个，这会儿忽然又说我妈外头也有一个，你们到底还有多少秘密瞒着我呢？"

我爸没理会我的质问，换了个主题问我："Yuki，你爱爸爸吗？"

这个问题让我有点心酸，我对着电脑哭起来："爸，你只是中风不是中邪，我怎么不爱你，是你要离开我们又不是我要离开你！"

我爸没理会我的煽情，继续沉着脸问："如果，你不是爸爸亲生的，你还爱爸爸吗？"

我被我爸这句话惊着了，对着屏幕愣了半天，我爸在电脑另一头按了半天 Enter 键我才如梦方醒。

"我以为断网了呢。"他说。

"爸，你跟我妈，能不能成熟一点，不要非得比谁更抓马①！您把话给我说清楚了。"

"我不是空穴来风，这件事我也忍了很多年了，"我爸说，"二十年前，我有业务在东京。有将近一年，你妈也跟我住东京。我当时必须得北京东京两边跑，其中的几个月，你妈说是不愿意跑了，我不在的时候她就自己在东京。就是在那个时候，她交往了一个小白脸。"

"您怎么知道的？"我问。

"我雇了侦探。"我爸回答，说得泰然自若。

"啊？侦探？爸，你做生意屈才了，应该去当导演。您是怎么想的啊？"

"雇侦探很正常啊，再说，这有什么不对吗？我有怀疑我就要证明，如果我自己的权益我自己都不维护，还能指望谁维护！"

"那侦探侦查到什么了？"

"你妈跟那个人，每天都见面，你都无法想象那是一个什么样的人！唉，啧啧，我都说不出口。"

"那到底是什么样的人啊？水瓶座就烦别人说话说一半。"我追问道。

---

① 抓马是英文单词 drama 的音译，通常指一个人的言行十分夸张、戏剧化。——编者注

"算了，不说了。毕竟她是你的母亲。有些事，发生过就算了。"我爸坚持着他自己的原则。

"真难为你们了，怎么当时不闹，要撑到现在才离婚?"我发自肺腑地感叹。

"因为有你了啊。"

"等等，您的意思是说，我是在东京被种下的祸根?"

"嗯。"

"等等，您还有一层意思是，不排除我是别人种下的祸根?"

"Yuki，我都把你养这么大了，不管怎么样你都是爸爸的宝贝女儿。"

"我说呢，你非要在外面另生一个，原来你早就怀疑我不是你亲生的!"

"我都把你养这么大了，'晚报'走了我都难受好几个月，何况是你。"

"非得拿我跟狗比!"——"晚报"是我们家养过的一条狗。

"不管怎么样，这都不是你的错。你妈这个人，骨子里的审美很轻浮，就喜欢小白脸，我们结婚之前她那个男朋友就是个小白脸，哼，后来我们结婚，她今天学这个明天学那个的，找的所有教练都是小白脸，我就是不愿意揭穿她，成年人嘛，都要顾个面子对不对!"

接着我爸又絮絮叨叨说了很多。

为了避免他在充满怨念的絮叨中越陷越深，我听了二十分钟后打断他:"爸，如果咱俩验了DNA，我不是您的女儿，您跟我妈离婚的时候分我的财产会重新分配吗?"

"唉，要说你这贪财的劲儿，还是得了我们家的真传！"

据说，这个世界上老鼠的数量是人的数量的四倍。

如果真是这样的话，这个世界上，唯一比老鼠还多的，应该就是夫妻之间的怨念吧。

就是那天，因为跟我爸的对话，我知道了"羽生庆太"这个人的存在。

我爸爸并没有说清楚他雇的侦探到底给他提供了什么线索。

不过，线索也不见得就那么重要。

不论男人还是女人，一旦陷入跟"假想敌"的较量，所有的难舍难分，都可以建立在子虚乌有上。

一段时间之后，我妈还是没有消息，除了每个月给我转钱之外，她在其他的时候都把我拉黑了。我看不到她的朋友圈，也无法发微信给她。

我在想不出其他方式纾解我的焦虑之后，决定去找羽生庆太。

二　羽生庆太

我跟羽生庆太第一次见面是在他工作的地方。

那个地方被日本人称作"神宫"，庆太在那里面当"神职人员"。

我在联络他见面之前骗他说："我是一个学纪录片编导的中国学生，我的毕业作品是拍包含十个不同职业的日本人的纪录片。希望这个纪录片能帮助两国年轻人增加了解。你的职业很特别，所以非常希望能采访到你。"

为了看起来真实，我在"采访"庆太之前还真的采访拍摄了另外两个日本人。

那两个日本人，一个是做拉面的，另一个是专业登山的。他们俩认真配合的态度，让我非常愧疚。

谁能想到像我这样一个长了一副"无公害"模样的大学女生，原来是个骗子，重要的是，这场欺骗的目的，既不为钱，也不图色。

唉，这是一个多么令人防不胜防的世界。

作为一个初级的骗子，我非常佩服真正的"前辈"们，不知道一个人怎么能做到在别人为你付出之后良心不受煎熬。

我为证明了自己以后无法坦然地生活在谎言中而感到有些苍凉。

在握着那位登山者失去两根手指的手跟他鞠躬道别时，我简直无地自容，一时甚至暗下决心，等我解开这个心结，顺利找到我妈，我就向她要钱真的完成这么个纪录片。

因而，在跟羽生庆太见面之前，我内心正在持续自责的脆弱中。

我们如约见面那天，东京下着小雨，我打着伞到了神宫门口，远远看到一个人穿着裙式的制服从里面走出来。

羽生庆太的那一身制服出现在雨天中有种穿越般的张力，那是一件白色的对襟大袖的长袍，腰间还系着帷裳，帷裳的颜色介于蓝和绿之间。那件白色的长袍被半蓝半绿的帷裳衬托，仿佛带着隐约的光泽。他就那样，像一尊移动着的磨砂发光体一般，带着日本传统中最丰富的克制，从两排大树之间的神宫内移步而来。

实在很难把这样的一个形象，跟我爸爸说的"放浪形骸"联系在一起。

我的心，在经过拉面师傅和登山先生的打磨之后，业已生成的柔软，在那一刻，统统自动解除戒备，还原出人类除了爱之外最宝贵的感受，那东西，叫作"信任"。

羽生庆太笃定地走向我，简单打过招呼之后，他绅士地接过我手上的雨伞并侧身让我走在他的斜前方。

"惜言如金"能让场面立刻增加神圣感，庆太很擅长此道，他没有用任何多余的对话，就控制了我们见面的场面并立刻按照他的意愿定了基调。

等快走到神宫门口的时候他把伞还给我，低头低声说："抱歉 Yuki，从这儿开始，我的行为就不仅代表我自己了。"

他讲的英语里带着日本人特有的后鼻音，语速很慢，用词礼貌而清晰，他的动作和语气都带着必要的肃穆，像乐器中的贝司，尽管表达得非常简化，但决定着一个现场的节奏。

我顺从地接过伞自己打着，从走在他前面的位置侧到他的斜后方，跟他走向神宫门前的一个水池，收起伞，按照他的示范拿起木勺盛水洗了手，然后保持沉默跟他走进神宫。

一切行为在那个情境之下都好像被注入了"能剧"① 的元素一般放缓了节奏，时光，因猛地缓慢反而明确起来，就那样溢出来，溢在被回忆和期待蒙蔽过的心念之外，溢在每一片承载了细雨摩挲的树叶之中，从容地流逝。

好像过了很久，忽然响起乐声。

跟着开始了一场婚礼。

我和羽生庆太并排站在一棵几百年的大树下面。

进行婚礼的新人穿着他们的传统服装，除了新娘之外，新郎和亲友团都一律穿着黑色系的礼服。

一队人徐徐走上石阶的时候，树冠中飞出几只硕大的乌鸦。

不知什么时候，雨已经停了。

---

① 能剧是日本最主要的传统戏剧形式，这类剧主要以日本传统文学作品为脚本，在表演形式上辅以面具、服装、道具和舞蹈组成。——编者注

羽生庆太低声说了一句日文。

我转头看他。

他微笑着说，刚才那句日文，是小林一茶的俳句。

"意思是'雁别叫了，从今往后，我也是漂泊者'。"

那几乎是我们见面之后，羽生庆太说的最长的一句话。

不知道为什么，听到这句，我鼻子一酸。

那是我不太熟悉的一种情绪的发生，我赶紧暗自戒备起来。

为抑制这个不期而来的鼻酸，我仰头看着盘旋在树冠附近的乌鸦，换个话题笑着问庆太："是所有人都可以在这儿举办婚礼吗？"

"嗯，只要有一方是日本国籍，就可以，比方说，如果未来有一天，我跟一位异国的女性结婚，就可以。"

庆太款款地说，他所有的回答都是"陈述"，然而，不知道为什么，我总在那些端正的陈述中看到一些缝隙，好像置身安藤忠雄①设计的"光之教堂"。

我们站在大树下看完了一场婚礼，离开之前，庆太从白色"制服"宽大的袖子中取出一个香包，递给我说："知道你要来，今天早上，为你祈了福。"

他说着把那枚香包递给我。

————————

① 安藤忠雄，日本传奇性建筑大师，"光之教堂"是其成名代表作，因其在教堂一面墙上开了一个十字形的洞而营造了特殊的光影效果，令信徒们产生接近天主的错觉而名垂青史。——编者注

一阵植物的香味轻盈地散开在周围，我不确定那香味究竟是来自香包本身，还是来自庆太身后的那棵古树。

不知从哪个殿堂中传出乐声，那乐声，好似经过酿造一样，带着比时间略慢半拍的韵律。然后它又像酒一样带着力道闯进我心里。

我转头看庆太，即使人到中年，即使他被包裹在宽袍大袖中，即使他的容貌和肢体都看得出经过多年刻意淡化或收敛的训练而带着些向内的隐忍，但，他仍具有出众的外表，这让他很容易在人群里被认出来、被记住。想必，这样的容貌，也一定屡次把他卷进过一些不太平。

庆太的容貌跟他的血统有关，那些看起来略微复杂了点的血脉关系后来也成了困扰了他几十年的问题。

羽生庆太的父亲姓金，当年是在日本做艺术品交易的韩国人，妈妈玉城绫子很早就从冲绳搬到了东京。

绫子是冲绳当地的渔民，她的生父是参加过"二战"的美军。对于为什么在少女时代就从冲绳跑到了东京，绫子一辈子坚持着只字不提，似乎那对她来说，是比她是美军非婚生的后代更令她介怀的问题。

在鱼市帮佣了几年之后，她被她的雇主收养，从此跟随雇主把姓氏改为"羽生"。

庆太生在东京长在东京，户籍上随母亲姓羽生。他还有过一个韩国名字叫金正宇。

在庆太来到这个世界上之前，他的父母，同是天涯沦落人。

绫子后来在新宿经营一间不大的料理店，卖冲绳的水产。

她除了自己当服务生，每天晚上从九点开始还要负责弹三弦唱歌给客人助兴。

夜间混迹新宿的金先生那阵子成了店里的常客。

绫子的料理店不大，常客不多，金先生是其中一位。

来的次数多了，宾至如归。

金先生大概内心越来越感到放松，喝醉的频率越来越高，喝醉的程度越来越深。

漂泊的男与女都活得不容易。

然而，荷尔蒙才不管你有没有在漂泊，是不是不容易。

金先生没有设想太多具体的未来，开始受荷尔蒙驱使，借酒装疯对绫子示好。

大部分醉汉都不会真的不知道自己在做什么，只是他们需要用"醉"这件事掩饰他们连胡作非为的勇气都不够的软弱。

两个孤独的适龄的异乡人，借着一声一声的三弦和一杯一杯的米酒，对自己放肆起来。

俗世中的饮食男女都需要过生活，很多"一起过"的结果都并非基于对对方的深情，而是对自己和对未来的放弃。

况且，"一起过"的确是一种对成本控制的最简易途径，特别适合不愿意受性情牵绊的男女。

后来他们有了庆太。

金先生因此从食客成为了那间店的男主人。

接受庆太来到这个世界上，等于接受了一个既定的结果。

似乎，那也并非完全出自两个人的本意，然而"本意"又是什么呢？

两个人又都没有答案。

"天意"总是存在于一些偷懒的人中间，当他们没什么"人愿"的时候，"天意"就适时出现了，解决了很多问题。

就这样，两个独自艰难度日的人，在制造了一个后代之后，成了一个艰难度日的家庭。

庆太小时候家境很差，加上父母的工作和背景在东京都跟"体面"无关，因而从庆太小时候起，就并非处在一个饱受尊重的环境中。

居酒屋作为服务业中的中末端，不太被称道但也算符合世俗，倒是每当大人们提到他父亲的职业，总有些好像要避讳他的语焉不详，这让庆太不解了很久。

庆太在最好的青春年华受"叛逆"驱使，成了一名在新宿工作的 Host①。

在辞了 Host 的工作之后，庆太交往过一个韩国女友。直到那时他才完全弄明白，在他爸爸那个年代，像他爸爸那样以贩卖假冒伪劣艺术品为生的韩国人，交易的两边，进货和出货，都有些说不太

---

① Host 是指日本牛郎俱乐部的男性服务人员，就是我们通常说的"牛郎"，但他们比较正规，一般没有身体交易，而是靠客人点酒来计算提成。Host 界会有排名，第一名的头牌牛郎通常能让女客一掷千金。——编者注

清楚，在日本多少都要有一点跟所谓"黑社会"的交集。而那些游走于合法边缘的交易，让庆太的父亲不论在日本人中还是在韩国人中，都略微地被防备和被侧目。

总有一些人自愿或被迫做一些特别的选择，令到他们的人生，只有"他乡"，没有"故乡"。庆太的父亲是这样，他年轻时一门心思幻想的生财之道，起手无回。等上了年纪，他抛弃妻子重返故里，从而，把这份孤独，以身份存在的方式，丢给了庆太，成了他一辈子很多行为的原因，纵横在他爸爸早已不在乎他的许多年。

庆太也没有太多机会表达他的疑问。在他小时候，他的父母就在长时间的缄默中缓缓地释放出了对彼此的厌倦。

"不快乐的丈夫"在全亚洲都是统一版本，所以庆太对他父亲的记忆，很多画面是他隔三差五喝醉了回家，打打老婆骂骂庆太。

"用伤害家人的方式排遣对自己的失望"是中年男人的经典招数。

金先生那时候也早就不再在自己家店里喝酒了。

如果这世上还有一些地方能收留一个醉汉仅存的幻想，也绝不可能是自己家的地盘。

庆太的成长环境，可想而知。

他需要承受的还不仅如此。

最需要玩伴的时候庆太并没有太多选择。

日本人认为庆太是韩国人，韩国人则认为庆太是"琉球人"。

庆太的妈妈因为自家血统里有一个美国军人，因而她对被称作"琉球"的冲绳比那些说他们是琉球人的韩国人更加排斥。

平常一起玩儿的小伙伴在打架打不过庆太的时候就骂他是"杂种"或让他"滚回韩国"。

"我在结束了 Host 工作之后的旅行中才第一次去韩国。如果我早知道我在韩国也可以不费什么力气就受到女生们的欢迎，我就早点'回去'了。"庆太自嘲道。

不知道那个自嘲是用了多少年和多少经历才炼成的。"我是谁"这个命题对小时候的庆太来说确实比对其他同龄人更复杂了一些，超出了他能对自己解释的范畴。

和大部分生长于家暴环境并受人排挤的小孩一样，庆太只能把他受到的压力转化成叛逆的行为。

他尽己所能地不听话，尽己所能地破坏规则。

没有太多耐性的金先生只能对庆太使用暴力，两个人很快形成对抗，这个对抗在庆太十五岁的时候到达了最高峰。

那年，庆太找了合适的机会，把他内心酝酿的所有革命气概都付诸于行动，然后，他的腿就被他爸打骨折了。

事情起源于金先生不知道从哪儿弄了一批毕加索的版画，准备办个小型的展览，并且已经有针对性地找到了来自中国的买家。

原本毕加索存世的版画就数量甚巨，质量、价格和跟市场的关系又都不稳定。然而，毕竟挂了"毕加索"的名头，不难编撰出唬人的故事蒙骗新富的外行。

"编撰故事"是职业骗子安身立命的根本。

金先生摩拳擦掌等着迎接这桩赚钱的买卖尽快落实，好发一笔向往已久的横财，以后还能当成跟人吹牛的谈资伴着醉酒慢慢聊。

羽生庆太偏偏在这时候准备他人生的第一场革命。

于是，在那个宾主尽欢的展览尾声，眼看就要一手交钱一手拿货的时候，庆太冲进来把买卖给搅和了。

他用事先学好并反复练习过的中文词指着毕加索的那些版画和他爸，连续说了十几遍"骗子"。

买家们没搞清楚这个少年是谁，但本来就不坚固的信任很容易被捣毁。

金先生不知道从哪儿弄来的那些不值钱的真真假假的版画被儿子这么一闹，砸手里了。

金先生当然愤怒，等人一走，立刻就近找利器打断了庆太的腿。

即使在将近三十年之后，如果仔细观察，仍旧能从羽生庆太走路的姿势中依稀看出那次骨折遗留的问题。

在谈起这一段往事的时候，我本想从这个残酷的画面中暂离，就岔开话题问庆太他小时候的理想是什么。

哪知，他的回答，加剧了这个画面的残酷。

"我小时候的理想啊？"

庆太好像陷入遐想，他的笑容被两道明显的法令纹锁住了似的滞留在脸上。看不出他是真的在笑抑或只是他的表情轻车熟路把他带到了那样的一个情境当中。

想了很久之后，他款款地说："我小时候的理想，是当一名舞者。"

"那你爸爸知道你的这个理想吗？"我问。

庆太略微点了点头又紧跟着摇了摇头，似乎我问的这个问题他自己从来没有想要知道过答案。

一个想要成为职业舞者的少年，在十五岁，被自己爸爸打断了腿。

我忽然想象着和他交换了年纪，因为我心底生出怜惜，想要像一个长辈一样抱一抱他。

羽生庆太没能成为舞者，而是选在大学二年级弃学去了新宿。

那时候他已经长成了一个好看的青年，还常年自带一丝若有所思的忧郁气质，因而受到女同学们的普遍追捧。

他的好看和忧郁都来自他自己不知道怎么解读的血缘。

他没去过他妈妈的故乡冲绳，没去过他父亲的故乡釜山，更没去过他外祖父的故乡美国。然而这些地方的族群特色固执地混合成血骨，长成他的容貌跟他混迹在东京。

很难说这些特征让庆太的东京生活更困难还是更容易。

大学时代的庆太身高已超过一米八，这个身高在日本人中相当显眼，加上比一般亚洲人更立体的五官，和比一般亚洲人更浓密的眉毛跟睫毛，让他在人群中很容易出挑。

这和他从小的遭遇带给他的离群索居产生了矛盾,适龄的女孩子们喜欢庆太的那种天生丽质难自弃的矛盾感。

青春阶段的女性人群没有那么在意庆太是"琉球人"还是"韩国人"。庆太混血的脸和忧郁的个性让他更轻易地获取了青少年女性的关注。

一个人在情场感到挑战和挫折是痛苦的,比这个更痛苦的是一个人在情场没有感到过任何挑战和挫折。

庆太属于后者。

当校园里的追捧或排斥都已经对他产生不了刺激的时候,他早于大多数同龄人开始了"谋生"。

"当 Host 赚钱比较快嘛。"说到兼职的选择,庆太也没有任何不坦荡。

"那时候,我整天在想的就是快点赚到钱好快点离开。其实也不知道离开之后要去哪里。好像'离开'成了最大的动力。"

"那你爸妈知道吗?"

"我想他们后来就知道了吧,但我们从来没有谈论过。那个时候我爸好像已经连指责我的兴趣也没有了。我妈就是什么都不讲。她处理事情的方式就是什么都不讲。其实我特别希望他们有反弹,那时候我对自己不是纯粹的日本人还有介怀,而这个问题我的父母始终都回避。所以我选择混迹在新宿,成为 Host,也许是因为,在心底,终究对于'我是谁'感到困扰。"

听他说出"我是谁"这三个字,我想到我自己小时候的一个画面。

那还是在我刚有记忆不久,有一个下午,午睡醒来,我妈走到我床边。

忘了是什么原因，那天她心情大好。

我记得她梳着马尾辫穿一件白色的衬衫，她步伐轻盈地整理了散落在我房间的玩具，然后走过来，蹲在我身边，抚摸着我因酣睡而湿了的发丝，闲闲地轻声问说："Yuki，你是谁呀？"

后来我妈说，她只是期待我像更小一点时候一样，按照套路回答："我是妈妈的宝贝。"

然而没有。

那天我从梦中醒来，不知是被不属于我当时年纪的大脑回路牵引，还是被已经遗忘又没有遗忘干净的前世记忆牵引，我对我妈回答了一句："对不起妈妈，我忘了。"

说完，我因着描述不清的惭愧的心情，哭了起来。

对这个情景，我没有记得很清晰。

但我妈妈记得。

她无数次地对人提起。

"我问 Yuki'你是谁呀？'，她竟然回答'对不起妈妈，我忘了'。"

我妈每次说到这儿的时候都特别动情。

每次重复完这句的时候都会红了眼眶。她那样子，好像怕我们彼此会忘记，好像担心着我们互相失去的时刻早晚会到来。

在经过多年的观察之后，我基本上能判断出，那段话是我妈妈的一个"指标"，她只会跟她认可的人分享。

因而，当我听庆太说到"我是谁"这三个字，好像忽然有种找到线索的感动。

"我是谁"。

就像我妈妈会用这个话题当作楚河汉界划定人群一样。

世界如果以这三个字分界，就只有两类人：一类人在意"我是谁"，另一类人没那么在意。

因为"我是谁"不会有终极的答案，它成了一个人人生的重要密码，透过它，能找到不多的那些同类。

不久，探寻"我是谁"的庆太成了新宿 Host 界一颗冉冉升起的新星。

"你猜怎么在人群中看出谁是 Host？"庆太问我。

"看看谁的发型比较'杀马特'？"我笑说。

"不是，"他又认真地回复了我的调侃，"要看他们的肤色。基本上 Host 都很黑。因为大部分 Host 都会特地去晒灯让自己变黑。"

"为什么？"

"因为见不到阳光，"庆太说，"我大概有一年时间都没有见过太阳照射大地的样子。那时候因为要通宵工作，所以白天都在睡觉，醒过来的时候基本上都是下午，准备一下要出门的时候太阳已经下山了。"

"那会不会很沮丧？"我问。

"沮丧？嗯。会吧。经常见到太阳的那些年也还是会沮丧，所以，沮丧也不能怪夜色。"

"那你妈妈呢？好像都没听你提到她。"

"是啊，我的妈妈，"庆太沉思了一阵，问我，"晚饭的时候我唱歌给你听怎么样？"

当天晚上，庆太带我去了一家小酒馆。

在那个酒馆，我听了一首叫作 *Nana Sousou*（《娜娜索索》）的歌。

"这家店以前就是我妈妈的店。"他说。

那是一家不大的居酒屋。

榻榻米上除了给客人吃饭用的桌子，还特别在靠里面的一面墙前面留出一个不大的舞台。

舞台的背景贴着类似葛饰北斋①风格的浮世绘。

灯光昏暗，室内的温度有点高。

海鲜和米酒的气味混在这样令人昏沉的环境里并不诱人，就像是空气里有一些历史久远的怨念，总没有适当的出口散出去，久了，像有谁打了酒嗝飘散在空中，带着旧账未销的陈腐。尽管已经稀薄到不至于令人坐立不安，然而依旧黏腻着一种说不清的随时而起的嫌恶。

就在这样的一个环境里，庆太弹着三弦唱了那首 *Nana Sousou*。

在庆太成了 Host 中的"头牌"之后获得了一些只有"头牌"才拥有的权利。

_____

① 葛饰北斋，日本江户时代的浮世绘画家，他的绘画风格对后来的欧洲画坛影响很大。——编者注

其中重要的一项"殊荣"就是拥有一首属于自己的"头牌之歌"。因而头牌们在选择代表自己的那首歌时会怀着一种神圣感。那不是随便选一首歌，那是选一个作品去代言一段心情。

庆太的歌就是 *Nana Sousou*，那原本是一首温情脉脉的歌，被庆太唱出摇滚感，跟他当年在店里示人的略微的玩世不恭不太符合。

庆太向我解说，他选这首歌，是因为这首歌跟冲绳的联系。

他在成为"No. 1"之后经常在下班之后的半夜去他妈妈开的料理店宵夜。

因着说不清是什么的原因，母子俩从不对话，甚至都避免对视。

"我好像从来就没哭过，连被我父亲打断腿那次都没哭。唯一一次，是二十三岁生日。我终于做到了整个新宿的 No. 1，那天晚上，我带一群人去妈妈的店里宵夜。妈妈还是像以前一样，对我很客气，装作不认识我。我喝了很多酒，离开之前，我请妈妈弹三弦，我唱了 *Nana Sousou*，唱着唱着，我哭起来。我妈妈也哭了。她还是没跟我讲话。有时候我想，如果那天，妈妈知道，那是我们这辈子最后一次见面，她会不会对我说些什么。甚至有时候我会有不切实际的奢望，或许，在我妈妈心底，有那么一些时候，她也会以我为荣，虽然我知道对一个母亲来说这有点难。但，即使是当一个 Host，也是不容易的。我那么努力，我多希望，她不在乎 Host 这个职业，她能看到我的努力，看懂我的努力。我去旅行期间妈妈离世了。所以我到现在都不知道答案。妈妈有没有介怀，如果有，她会不会原谅我。妈妈有没有以我为荣，如果有，她会不会像我想念她一样，想念我。"

我们又在沉默中坐了很久。

奇怪，才刚走进来的时候，那个令我嫌恶的、有种"打扰感"的气味，竟然，在我们的沉默中，还原了它原本的温暖。

是的，那是一种不懂讨好的、诚实地忠于自己的温暖。

这温暖给了我一些勇气，我点了一杯梅酒，想着要向庆太问起我的妈妈。

我妈常年喜欢喝梅酒。夏天加冰，冬天兑岩茶。

她经常在喝酒的时候对我说："你以后对我不孝也没事，等我老了我就找个山头种梅子酿梅子酒，雇一水儿的帅哥一年四季光着膀子在地里干活。我就不信你不来看我。"

"妈，一年四季都让人光着膀子会违反劳工法吧？现在连 A&F① 开业都不让用半裸男模了。"

"怎么就不能找个四季如春的地方呢。你这个人啊，梦想总是要有的，万一你妈实现了呢。"

有次跟我妈去旅行，在飞机上看了一部叫《海街日记》的电影，我嘲笑我妈说："同样是梅子酒，人家就是文艺的调性，为什么到您这儿就沾了情色。"

"傻瓜！"我妈鄙视我说，"文艺从来都是次选，有能力情色的谁

---

① A&F，美国青少年服装品牌，曾经靠"裸男营销"风靡一时。——编者注

文艺？厉害的不是文艺也不是情色，厉害的是情色得很文艺。你给我记住，这是你妈毕生的追求，万一我实现不了你必须扛起咱家的大旗女承母业！"

"我小时候，我妈妈会自己做这种梅子酒。"庆太把我从走神中拉回现实。

冰的梅子酒，在夏天，还没来得及喝，杯子就出汗一样把内外不一的温度转化成细碎的水滴徐徐漾在玻璃的外围。

庆太拿起毛巾顺手帮我擦干净顺着杯子流下来的水渍，再放回我面前。他的动作柔和，好像帮一个感伤的人拭去泪痕。

跟庆太碰面几次，他总是能以不打扰对方的轻快的举动让他方圆几米的地方都保持一新。他也总能准确地捕捉到周围人的需要，且能用一样轻快的"不打扰"照顾到那些需要。

等添了酒，服务生端上来一盆碳烤海鲜。庆太帮我剥好一只蟹脚放在我面前的小碟子里。

"如果在我们国家，你一直这样，会有很多女生喜欢你的。"我笑说。

"在我们国家也一样。"庆太也笑起来。

"会无聊吗？"我问。

"这是我的'职业习惯'吧，"庆太说，"我的职业就是让对方感到被照顾、被在乎。所以时间久了之后，这些就成了习惯。"

"如果对方爱上你怎么办？"我又问。

"'爱'是很复杂的事，既然有爱，也就会有不爱了。爱不是恒定的东西。"庆太回避跟我讨论'爱',把话题带到对"技能"的讨论,他告诉我用哪种眼神表达关切,哪种表达暧昧,怎么样把拒绝表达出不舍,以及怎么用肢体接触控制跟对方的距离。

"肢体接触的重要奥妙并非是拉近距离,而是控制距离。"庆太说。

"所以,敞开心扉的重要奥妙也并非拉近距离而是控制距离,对吗?"我故意重复他的句式。

"Yuki,你是聪明的女孩儿。"庆太放下酒杯,隔着桌子直视我,用他在神庙才会用的端正的语气放慢语速说出了以上的那句。

"你放心。"我也用同样端正的语气和表情回看他。

我们用这样一来一回的端正,扼杀了一些若有似无的发生。

我回到对话中:"你在阅人无数之后,还会不会,真的爱上谁?"

庆太侧着脸看着我们旁边墙上挂着的一幅速写,好像能从二维中看到远方一样,眼神远了一些,说道:"坦白说,在最初的两年中,是没有的。那些女人,花钱向我倾诉,花钱买我的时间,花钱博取我的关注,花钱送我当上 No.1,她们之间有非常多的攀比,那些攀比本身相当单调,而那些攀比的结果,无论输赢,都非常无聊,似乎她们只是想攀比,对于攀比之后要怎么样,完全没有想法。在很长时间里,因为这些'客户',让我觉得'女人'这个群体,有点蠢。请原谅我的用词。呵呵。我的内心因此很矛盾,我很感谢那些花钱给我的女性,然而不得不承认正是她们又导致了我对女性的轻视。"

"然后呢?发生了什么唤回了你对女性的重视?"我追问。

"我遇见了一个非常温和,非常善良的女孩儿,"庆太说,"因为

她，我才明白，'爱'原来是做什么都不求回报的那种美好的
情感。"

"'温和'？听起来不太像我妈妈。"我心想。

"那你为什么，没有和这个女生在一起？"我问。

"大概是我对她的爱太有把握了吧。总觉得，她一直会在那儿。
不论我走多远走多久，她都会等我回来。"

"结果呢？"

"后来她父母知道我们在交往。到歌舞伎町来找我，希望我离开
她。我年轻气盛，觉得自己被羞辱。大概是负气，就故意做一些对
她很不好的事。我甚至会带不同的女生回家。赶她走。她很伤心，
但每次走后又默默地回来。我又愧疚，想加倍对她好。这样来来回
回折腾了一阵子，她父母坚决把她带回韩国了。我在她走了之后，
有一段时间，非常自暴自弃。直到，遇见你妈妈。"

我愣住了。

我完全没想到，庆太正在讲一个听起来完全不相干的事件时忽
然就把话题丢在我面前，当他说到"你妈妈"那三个字的时候，我
并没有真的做好听下去的准备。

"是的，Yuki，从你出现，我就知道你是谁，"庆太说，"因此我
不想你对我有什么误解。尤其是，我跟你妈妈，不是你以为的
那样。"

"那，你为什么说是因为我妈？"

"因为那也是一个事实哦。你的妈妈，是我这辈子第一个女性的

'友人'。她也是我职业生涯中唯一的'不良记录'——我从来没有碰到过那么难取悦的女人。呵呵。"庆太笑起来。

我也跟着笑道："嗯，现在我确定你说的是我妈。"

"有意思的是，后来，我就忘了要取悦她，"庆太说，"在认识你妈妈之前，都是女人们跟我诉说她们的烦恼或痛苦，无非是男朋友或丈夫没那么爱她们啦，或为什么没有男朋友或丈夫。只有你妈妈，她就像现在的你一样，每次见面的时候，都好严肃，问我很多问题。我记得她问我为什么要当Host，我说为了钱。她淡淡地笑了笑，好像一个医术高明的医生看病人一样，说'不是，庆太，你不是为了钱'。你知道那种感觉吗Yuki，你一直在半梦的状态隐瞒你自己，结果，不小心被一个陌生人拍一拍肩膀，好像瞬间醒了过来，我当时有种错觉，这个中国女人和我，我们像是已经认识很久了。"

"你们，相爱了吗？"我小心翼翼地问道。

"我对你妈妈，有很深的情感，但，我们从来都不是情侣，我跟你绝对没有血缘关系，不像你的父亲揣测的那样。"

"'很深的情感，又不是情侣'是什么样的关系？"我执着地用庆太的话反问他。

"你妈妈，是我一辈子都爱的女人，我相信她也爱我，但我们从来没有想过要占有彼此，我们不是恋人，我们比恋人更稳固一些，我们是知己。"庆太说到"知己"这个词，眼睛忽然亮了起来，好像他心里藏着什么能量，而"知己"是那个能量的源头。

"人一辈子，遇见男欢女爱，特别容易。不容易的是遇见知己。是的，你妈妈是我的知己，因为她我才重新看清我自己，因为她的鼓励，我才决定离开新宿，离开歌舞伎町。是那位韩国女孩儿让我明白要珍惜爱情，是你妈妈让我想成为更好的人，这两件事，都跟爱，息息相关。"

"成为更好的人？"我陷入这句话。

"是的，成为更好的人。"

庆太换了个话题说："对了，说好我要唱歌给你听的。"

庆太说完，站起来，走上那个店的小舞台，在破旧得色彩已经不复丰富的浮世绘前面，拨弄起三弦，唱了那首 *Nana Sousou*。

那支三弦，很久没有被人弹起过了，琴弦有些松，松出厚重的年代感，与庆太略沙哑的嗓音混在一起，在那个新宿的晚上，人世间的一个陌生角落，琴和人声，一声一声地来，一声一声地走。

好像那旋律里隐藏着的不舍与不得统统被翻了出来，令人不忍卒读，又无处藏身。

那晚跟庆太告别之后，我信步去了六本木的一间 Pub（酒吧）。

我坐在吧台喝酒，旁边是一位在东京工作的好看的德国青年。

我们闲聊了几句，因为听说我从中国来，他告诉我他喜欢巴赫，还有王家卫。

因为巴赫，我跟他说起了我小时候的一桩暗恋。

那年我十三岁，我暗恋的那个人是我妈妈的大提琴老师。

他每个周六下午都会来我家给我妈妈上课。

我妈周六经常外出吃午饭，大提琴课总是迟到。

那是一个好脾气的男青年，不论我妈迟到多长时间，迟到了多少次，他都不受干扰地准时在周六下午约定的时间出现在我家。

等我妈妈的时候，他就自己拉琴。

直到现在我都记得他在我家演奏巴赫《无伴奏组曲》中 G 大调的那一首。

我不知道是因为音乐我才对他产生了爱情，还是因为对他的暗恋我才喜欢上了那首乐曲。

回忆起那个场景，我对他的容貌的记忆非常模糊，多数时候我看到的总是他的背影。然而，过多少年之后，那段不到三分钟的大提琴曲都能随时让我心事满满。

好像在巴赫的音符之中，我们已经有过相当多深沉细密的交集。

那个时候的我没有暗恋的经验，当然也没有隐藏暗恋的经验。

不知道我妈妈什么时候发现了那个秘密。

有一个周末，那个男老师没有如期而来。

我忐忑地又等了一周，他还是没来。

傍晚我妈带我出去跟我外公外婆吃晚饭，席间我外公谈到一个作曲家，我很笨拙地把话题引到大提琴，并假装向我外婆投诉："我妈最近都没好好拉琴。"

"我不学了。"我妈说。

"你妈妈就是这样，干什么都没长性。"我外婆批评了一句，就没有再继续跟进那个大提琴老师的话题。

那天晚饭的点心是门钉肉饼，我妈夹了一个放在我盘子里，我夹起来咬了一口，被肉馅儿裹着的油烫了一下。

我借势大哭起来。

没有任何准备就跟一个正暗恋得起劲儿的人永诀是我这辈子经历的第一次真正的残忍。

我妈把我揽在怀里，我外婆批评说："不能这么娇惯。"

我妈不管，继续搂着我，并且轻轻拍着我的后背说："哭吧，哭出来就好了。"

我心里一惊，泪腺受到惊吓瞬间停止了供水，我默默把嘴里含着的那点儿肉馅儿吞下去，假装干号了几声，满腹狐疑。

好多年之后，有一次我们家搬家。

我妈从贮藏室翻出大提琴，擦干净放在我的房间里，扬扬自得地跟我说那把琴的身价已经翻了好几倍。

"以后给你当嫁妆吧 Yuki，估计还得涨，你妈妈我呀，就是有眼光会选东西，当时的那点儿学费全赚回来了。"

我一时兴起，脱口而出说："妈你知道嘛，我人生第一个暗恋的对象就是你那个大提琴老师。"

"我知道。"我妈说得轻描淡写，并没有回身，继续关注着那把大提琴。

我忽然有种被骗的受伤感："妈你说什么？你知道？所以你是因为介意我喜欢你的老师才不学的？为了阻止我见他？"

我妈盯着琴又看了几秒才转身看着我说："你错了 Yuki，我一点都没有介意你在那个年纪暗恋，我也一点都不介意你暗恋了一个比你大很多的人，我当然更不介意你暗恋的人是我的老师，我之所以辞退他，是因为，我不想你那么早经历失望。"

说完她回脸望着琴叹了口气："人这辈子啊，要失望的事儿还多着呢。"

在跟才认识的陌生人讲完这一段后，我好像才真的明白，当时我妈说的"失望"是什么意思。

因着跟一个陌生人的分享，忽然对潜伏在心里很久的一个问题释怀。

那天曲终人散的时候，因为德国青年喜欢王家卫，我对他说了我最爱的那句王家卫的台词："世间所有的相遇，都是久别重逢。"

从那一刻起，之于我，"久别重逢的相遇"不仅是人，也有可能是一种心情。

比如总会再重逢的"暗恋"。

三　妈妈和庆太

那几个月我们家真是不太平。

一个看起来特别庸俗正常的三口之家，忽然就鸟兽散了。

佛教里说的人类八大苦，除了"死"暂时尚未发生，其他的七项在短短不到一年里不依不饶地轮番上演。

相比之下，我外公外婆那边厢真是岁月静好情比金坚。

大概在一年之前，我外婆就又接到了新的委约，受大剧院之邀排演舞剧《源氏物语》，说是为了庆祝"中日邦交正常化四十五周年"。

和每次一样，我外公又是鞍前马后地帮他夫人做着各种创作上的准备。

以我外婆当时的年纪和作品数量，在戏剧界毋容置疑已步入"德高望重"的行列。

我外婆自己对此也清楚得很，因而对于怎么运用这个德高望重也是拿捏得分寸得当，如同她给她的演员们在台上安排的调度一样，看起来至情至性，其实每一个举手投足都是经过缜密思考理性计算的结果。

在花了一些时间研读《源氏物语》之后，我外婆先跟我外公讨论了她的想法，在再次得到自己丈夫的全情支持之后，于大剧院又一次关于剧目的讨论会上，德高望重的导演大胆地提出了自己的想法。

"我个人认为，我们应该换一个日本作品进行改编。"

接着我外婆开始了她的陈述。

陈述一共分两个部分，第一部分主要质疑了《源氏物语》的意识形态，第二部分提出了她的解决方案：

"我在阅读这部一千年以前由一位很有可能是'宫女'的作者写成的作品时不禁产生出以下思考：这位主角，光源氏，要身份，是个庶出，按我们的传统，名不正，则言不顺；要品行，他见一个爱一个，经常是又喜新又不厌旧；论结局，他没有像贾宝玉那样自我觉悟绝尘而去，也没有像西门庆一样罪有应得被春药给害死；论作品本身，哲学思考远不及《红楼梦》，宫斗的丰富程度还比不上《甄嬛传》，并且作品从头到尾充斥着'贵族阶级'的优越感。那么这个戏最终要表现什么？我们要给观众呈现的三观是什么？同志们啊，我们作为艺术创作者，最重要的是什么？是价值观的输出！那么请问我们要透过《源氏物语》输出什么？我们能输出什么？反正我这个老太太是不得其解。"

我外婆说完这一段，故意一个停顿，好让与会人员有机会一阵面面相觑。

作为一个有经验的导演，在她眼看自己的留白已起到预期的震慑效果之后，外婆把她的"德高望重"清清楚楚地摆在了台面上，开始了她准备好的提议。

"我的建议是，我们不如创作一个舞剧《排球女将》。首先，这个时代需要的是拼搏精神，不需要那么多卿卿我我；第二，《排球女将》作为曾经在中国风靡一时的日本电视剧，有足够的宣传噱头和群众基础；第三，中国作为一个大国，排球是带给我们最多荣誉的球类项目之一，所以，我们要表现的是这项竞技运动带给我们几代人的鼓舞；最后，作为对'中日邦交正常化四十五周年'的献礼作品之一，我们也可以为东京奥运会提前喝彩。我认为在这样一个时代，这样的主题才值得我们投入关注度和创作热情。尽管到东京奥运会，很可能我本人已经作古，但，作品的意义就是延续正能量，我相信，人类的拼搏精神不死，我们共有的奥运精神永存。"

在与会人员热烈的掌声中，《源氏物语》变成了《排球女将》。

我外婆的德高望重随之又升了级。

她不知道的是，她的这段发言，最受影响的人，竟然是她的女儿，我的亲妈。

"所以你忽然消失，就是为了跑到这儿，体验生活？"我在伊豆见到我妈之后不解地问她，"我外婆是你亲妈，你为什么不直接告诉她？你想给她当《源氏物语》的编舞，等确认剧目不会变，确认你有机会参与，你再跑到别的国家的深山老林里来每天点灯熬蜡也不晚啊！"

"我太求好心切，想着我闷头做一份不一样的准备资料，然后忽然放在你外婆面前，让她对我刮目相看！说不定我们母女趁此就冰释前嫌了，"我妈说，"我跟我妈啊，都这么倔强，也只能从哪儿跌倒从哪儿爬起来，既然是艺术理念不合，我就想做一个她看得上的作业。让她知道，我还真不只是个'不学无术的家庭妇女'。呵呵。"

在获知外婆要排演舞剧《源氏物语》之后，我妈就动了念头想当这个剧目的编舞。

那时候我爸刚从中风中痊愈。

我妈在准备离婚文件之外，最专注的课题就是默默研读《源氏物语》。

"有一次我看了本居宣长①写的一本关于'物哀'的作品。你明白那种感觉吗Yuki？好像一个人，忽然找到'组织'了。我对'物

———————————

① 本居宣长，日本江户时期的国学四大名人之一，长期钻研《源氏物语》等日本国学作品，提倡日本民族固有的情感"物哀"。——编者注

哀'这个说法太着迷了，我想再多了解一些。就是在那个时候，我跟羽生桑联系，他特别热情负责地帮我找了很多资料，还有老师。我就想啊，既然我对这个主题这么着迷，不管了，我要为这事儿不顾一切。你知道吗 Yuki？就像年轻的时候经历异地恋一样，如果你真的足够爱一个人，你一定会不顾一切就想在他身边。"

原来，就是因为对"物哀"的着迷，对《源氏物语》的兴趣，我妈在离婚之后，有辞而别，在伊豆的一个寺院开始了她的研读。

羽生庆太在他休息日的每个周一和周四都会到伊豆去看我妈，给她一些日常生活的支持协助，陪她做功课。

因此我妈其实第一时间就知道了我在东京的行踪。

关于她和羽生庆太二十年前的那一段，我妈讲的，跟庆太讲的基本上是同样的版本。

"你爸爸这个人，对男女之间的想象力太有限了。只有缺乏的人才会饥不择食，我跟羽生桑，在男女之情的领域，都不是缺乏的人。想节外生枝搞点儿艳遇太容易了，碰上个懂你的至交太不容易了。这还用选择吗？你爸爸这个人啊，大部分的关系都是利益交换，他哪儿能理解这个啊。"我妈妈说。

"那您为什么从来都没有跟我说起过？"我问。

"无端端地，我说这个干什么呀？哦，我跟你说'女儿啊，你妈我，在你出生之前，认识一个新宿夜店里陪酒的小帅哥，后来我们成了莫逆之交'。我说这个的目的是什么呢？破坏我自己的光辉形象让你更不爱听我的？还是鼓励你晚上在工体院儿里多浪会儿？有些事儿，'橘越淮而枳'，我跟你说不清楚的事儿我瞎说什么啊！这个羽生桑也是，披露我的'黑历史'也不跟当事人商量一下，这要搁当时，不能给客人的私事保密我都能投诉他了，完了，头牌当不成了，哈哈。"

尽管我们当时身处一个寺院，我妈依旧是很自在地使用着她的白眼嬉笑着讲了那个遥远的关于"少爷"和"客人"的故事。

"就算我结婚之前，你外婆咬牙切齿地跟我说了多少遍'你就等着后悔吧'，我都没想到，我真的可以后悔成那样。你爸爸在东京的时候，白天到处跟人谈事儿，晚上就去银座喝酒，还说是谈事儿。我没朋友，没工作，不会说日语。我不跟你爸爸回北京，是因为怕别人问我过得怎么样。"

我妈说完，又把最后一句重复了一遍："那个时候，我真怕别人问我'你过得怎么样'。被关心的人问，委屈；被不关心的人问，憋屈。我头一回觉得，能去的地方越多，越走投无路。"

就是在那个时候，钟秋小姐认识了羽生庆太。

一个是靠女性赚钱，然而对女性略微产生轻视的新宿头牌，才伤害了一个爱他爱到无以复加的女孩儿。

一个是随丈夫在异乡的孤独的少妇。衣食无忧，然而，正是因为连衣食都无忧，她最基本的支点也没有。

起初他们之间就是最普通的供需关系。她付钱，解闷，他付出时间和他的"技能"。

她难以被取悦，他不服，两个人就从较量开始了。

"有一天下午，你妈妈忽然打电话到我的住处，说有要紧的事，让我去代代木公园找她。你妈妈她呀，从来都表达得很直接。没有日本女生是这样的，所以起初我只是不知道怎么拒绝她。"庆太笑说。

那件"要紧的事"成了他们之间关系的转折。

那时候我妈经常去代代木公园消磨时光，看书，跑步，或就是坐着发呆。

有一阵子，每个周三下午，都会有一个公益组织的团体，带一些失明的人在公园里排演简单的歌舞。

我妈在第三次看到他们排演的时候，她被自己蓄意扼杀的舞者的本能被调动了出来。

"我终究，是个舞者。"我妈说，"就算我赌气不以跳舞为生了。但在我心里，我是个跳舞的。你知道吗 Yuki？我这辈子，最引以为傲的角色就两个，一个是'Yuki 的妈妈'，还有一个就是'舞者'。"

那年，还没有成为我妈妈的秋小姐，在代代木公园，舞者的心燃烧起来。

"羽生桑也不知道我找他干吗，连滚带爬地就来了。我跟他说，我是跳舞的，我知道用什么方法教那些盲人跳舞——他们已经来了好几回了，那个带他们跳舞的人，耐心足够，但完全没有章法，把我给急的。羽生桑可能没想到我急吼吼把他叫来是为了这么个事儿，等我说完，他愣半天。"

我妈并不知道，庆太"愣了半天"，也因为"舞者"这个命题。

"那时候我才知道你妈妈是职业舞者。忽然之间，仿佛冥冥之中有什么特别的缘分。她让我当翻译，去跟那些义工说她有更好的方法教会大家跳舞。其实，我就这样去跟组织者说，是有一点鲁莽的。但，你妈妈就是有一种能量，好像她做了的决定，很难违拗她。"庆太说。

"你知道对一个舞者来说，最重要的是什么？"我妈用了一个设问句当作她的独白的引子，"对一个舞者来说，最重要的只有两样，trust and focus（信任和专注）。你要信任你选的音乐，你要信任你脚下的舞台或大地，你要信任你的感觉，如果不是独舞的话，则重要的是一定要完全信任你的舞伴。建立信任之后，就要有足够的专注。我们常常把专注误解成思考很多，其实专注的核心是'清空'。真正的专注是心无旁骛。一个人能找到信任和心无旁骛的感觉，基本上就没什么学不会的了。不会跳舞的根本，从来都不在于你是不是能掌握一个动作或跟上节拍，而是，在心里，有没有建立信任，有没有清空杂念。实际上，大部分跟自然科学相关的技能是学来的。大部分的艺术本来是跟随天性而来的，不会的根本，是'信任'和'专注'得不够。"

"我永远都记得那个瞬间，你妈妈让我把手放在她的手上，她让我专注于音乐，然后闭上眼睛。'你要相信我，庆太，你要学会相信'，你妈妈说，'当你把手交在对方手上，那个人跟你就是一体的，不论发生什么，都是共同的发生，不要轻易怀疑，不要随便放弃'。到今天我都还记得那个画面。"

"两个月之后那个团体组织了一场演出。他们感谢了我。我让羽生桑跟他们说，我也要谢谢他们，因为他们的出现，我才及时发现我自己也不完全是个废物，像你外婆说的'无所事事的家庭妇女'。羽生桑肯定没有如实翻译。唉，那年秋天的代代木公园，太美了，真美，美极了，别提有多美了。中文这么厉害，说法真多，但话说回来，再多说法代代木公园那年秋天的美也担得起！"

庆太的补充，让我妈妈描述的画面更加丰盈："很奇怪，Yuki，我跟你说过我小时候的梦想是当一名职业舞者，但我从来没有跟你妈妈说过。她也不知道我的梦想断送是因为我被我爸爸打断了腿。她只知道我爸爸是韩国人，我跟他不太亲近。所以你妈妈并不真的知道，那两个月，表面上是我跟她一起在帮一些失明的人跳舞，事实是，她不经意间成全了我少年时代最重要的梦想。我永远记得那年秋天在代代木公园，我和你妈妈作为特邀舞者参加了表演。你妈妈从来也不知道，那十分钟的演出，对我，有多重要。"

"你说说你爸爸多有意思，还花钱雇人跟踪我。是，我去歌舞伎町，没错！常客！到现在还轻车熟路！花他的钱买乐子。但你爸爸不知道，我真正的乐子根本不在新宿，也根本没花一分钱。傻了吧，还一直记恨到现在。这都什么跟什么啊。我就懒得搭理他。也说不定他愿意拿这个说事儿，唉，一把岁数了，如果常常想这些，能让他合理化他自己的外室，我才无所谓呢。"

"既然那么早就对婚姻厌倦了，为什么不趁早分开？"我问我妈。

"婚姻就是用来厌倦的。婚姻也是一场自我教育。羽生桑后来经常跟我说，我在教大家跳舞的时候说的'信任'给了他很多启发。他说了好几次之后我就想啊，既然我都启发别人了，我怎么就不能启发启发我自己？所以，我就默默给自己定了一个期限：这样吧，两年。我坚守两年，不管你爸怎么对我，我就对婚姻不撒手，我自己说的大道理我自己也试试。人啊，贵在知行合一，结果，老天就给了我最好的奖励，我就有了你，Yuki，我的宝贝。因为你，有好几年我总算觉得，自己不是废柴，因为你，我的一腔热情，总算找到出口释放了，没把自己憋成神经病。"

"那你跟庆太，跳完舞，就解散啦？"我绕开关于我的感慨，问回我的主题。

"虽然我并没有轻视 Host 这个职业，确实没有。但我还是觉得羽生桑不应该在新宿蹉跎太长时间。再说了，头牌也当上了，还留在那儿干吗？等着老了当妈妈桑吗？"

对于这个转折，庆太讲的版本更接近我对浪漫派的期许："我记得那天演出之后，你妈妈给我讲了一个故事。你妈妈讲的那个故事好优美，说在中国有一个最著名的小说，讲远古时代，女娲补天，落下一颗石头。那石头自己觉得成了废物，非常颓丧。因而带着被遗落的遗憾，经过生生世世，多少次聚散离合，喜乐哀欢。因为被遗落，它从石头变成了宝玉。我忽然明白一个道理，即使是看起来最多余的人，也一定有他来到这个世界上的意义。没有谁是被世界抛弃的。也许，被孤立才证明一个人的特别吧，只是，我们要有勇气和运气认识到那一点。"

"那天不知道怎么想的，我就说起了《红楼梦》。讲女娲补天，剩下一块顽石，因为没被派上用场，结果他就上天入地地自惭形秽。我本来没有特指，羽生桑自己得出了一个结论，我听了，也行。一个对《红楼梦》的引子这么着迷的人，要只当个'少爷'，可惜了。"

说完她瞥了我一眼问："怎么？你失望了吧？你爹还是你爹，你娘还是你娘。再次盖棺论定了。那时候，我对你爸，不是不爱，只是不满。羽生桑跟我，是'友达之上，恋人未满'。也没有什么香艳的故事让你抓我的把柄以后好敲诈我的金银珠宝和我那些爱马仕包咯。哼，对不住啦小傻瓜。"

我妈说完又笑起来，用她最擅长的轻描淡写做了一个不容置疑的收尾。

我留在伊豆陪我妈住了一阵。
她每天做功课的寺院坐落在伊豆海边的山坡上。
在寺院附近有几棵古树和一片墓地。
除了例行做功课之外，还要打扫院落和墓地周围的落叶。

羽生庆太每周都会有两天来探望我妈，陪我妈清扫墓园。

我远远看着他们俩一人拿一把扫帚安静地在墓地旁镇定地做着清扫，我妈妈表情肃穆，不像我记忆中那个看到蟑螂都会跳起来尖叫的女性。

他们两个人除了聊功课的内容之外很少有闲聊的对话，好像他们已经在寺院住了半辈子，也打扫了半辈子。

我爸在家的时候我妈也很少跟他对话，但那种不说话里面总有些戒备和随时要站起来互呛的气场导向。

不像在伊豆墓园的这两个默默打扫的人，默契出了一种奇怪的琴瑟和鸣状。

我妈暂时充当书房的那个房间打开窗就能看到不远处的富士山。

我第一天到那儿的时候已近傍晚，那是晴朗的一天，山和海，在热切地湛蓝了一整天之后，被斜阳勾兑成紫色，好像意识到要失去一样，急促地多情起来。

在那个能看到富士山的房间，窗外不时地飞过一些海鸥，渐渐地，暮色充满在海天之间。

"美吧?"我妈问，没有任何对我找到她的诧异和一个离家出走的妈对亲生女儿应有的寒暄。

我进来的时候她甚至都没有站起来跟我拥抱。

仿佛我们已经在此经历过足够多的朝霞与暮色。

我妈在听我说了外婆把《源氏物语》换成《排球女将》之后，

没有掩饰她的失落。

"妈，您爱《源氏物语》什么？"我问她。

我妈回答说："我爱它包裹在故事里面的，只能意会不能言传的'物哀'。"

"'物哀'？"

"对，'物哀'。如果《红楼梦》讲的是'慈悲'，《源氏物语》讲的就是'物哀'。这两个作品，有一个巧合，就是都有个花花公子形象的男主角，听起来都是见一个爱一个，用世俗的标准，简直放浪形骸。然而，实则，宝玉和光源君，这两个人，真真比谁都纯粹，比谁都干净。本居宣长说，'人心深处的真实，是超越道德的更高层次的存在'。只不过能看到这个真实，能看懂这个真实的人，太少了。你外婆一定不同意这一点。其实，我也不用跟她一争高下，不是我争不过她，是我们从来都没有在一个语境里过。"

评论完自己的母女关系，我妈问我：

"Yuki，你知不知道妈妈很爱你？"

"我当然知道啊妈。"

"那你知不知道，妈妈在用什么方式爱你？"

"妈，我不知道。"我诚实地回答。

"Yuki，从你很小的时候，我就很少告知你什么是'对'，什么是'不对'。我希望你的世界里没有那么多对不对的分别。我希望，你的世界，更多的是留给美不美。你知道为什么我对'物哀'有那么大兴趣？因为'物哀'从不论断是非。'物哀'只崇敬美，崇敬动心。Yuki，一辈子都要珍惜'美'，一辈子都要宝贝'动心'，这才是最重要的。其他的那些个世俗是非，都是瞎掰。"

我愣在那儿，努力地跟随着她关于"美"和"动心"的陈述。

我妈说完，深深地叹息："等你能照顾好自己的时候，我干脆就地出家得了。"

我不习惯我妈妈这么长久地落寞，就学着她的样子，想用笑话的调性虚化掉那些充斥在空气里的失落。

我换了个调侃的语气笑说："妈，您要出家也回祖国再出，起码选个五台山或大昭寺什么的，这万一哪天咱们那些'小粉红'又想起反日了，我别再因为您滞留在日本寺院受牵连。"

不知道是因为我讲得太不好笑还是那个情景还放不下笑话，我妈没理我，像自语一般低声说："Yuki，我老了。我想在所有都失去之前，先练练，预习一下，省得人先老了还适应不来失去。"

她说这句时，眼睛里又充满我熟悉的孤独。

我努力地希望能想出什么话安抚她，但一句都想不出来。

最后还是我妈说了结束语，那番话，我依旧不知道她是讲给我听还是在自语：

"唉，活得精细的人，这辈子最大的课题就是'找自己'，有人是想透过知识，有人想透过爱情，有人被迫透过经历。甭管是什么岁数，非要'找自己'的人，都有个老灵魂，因为找不着啊，呵呵，所以这一生一世地，找着找着，就又老咯。"

几天之后，按照我妈的指示，我要如期回北京。

羽生庆太陪我先回到东京，离开前一天，他带我去了吉祥寺的一家很难订的烤肉店。

那家烤肉店在一个巷子深处。

东京有很多开在巷子深处或大厦里面的料理店，每家店都有不同的认真和坚持。

所有那些小店，星罗棋布在市井之间，内容风格各异，认真和坚持却相似，那种态度，甚至不是"酒香不怕巷子深"，只是单纯地专注于"酒"，不太思考"巷子"的命题。

庆太约了几个他的朋友给我送行，对他们介绍说我是从中国来的拍纪录片的年轻导演。大家都捧场地发出了惊叹，并配合着佩服的表情。我心怀愧疚，低头默默吃了很多烤肉。

那天我们没有谈我妈也没有谈人生，庆太还是一如既往地周到，让一桌子他的朋友没有因为我这个陌生人的存在而感到任何不自在。

席间喝了很多不同种类的酒，回来的电车上，庆太坐在我对面的座位上睡着了。

他的面部表情在微醺之后放松下来，既没有我在神宫里看到的那种抿着嘴唇的拘谨严肃，也没有他在回忆歌舞伎町时调侃的俏皮。

那就是一张人到中年的脸。

好像那些日积月累的不堪其累，想从五官控制的辖区交界挤出来，又被押解回去，来回的次数多了，划出清晰的法令纹，像一道警戒线，清楚地把"天真"拘禁在远离现世的表情深处。

我想起第一次见到庆太的时候他说的那个俳句。

隔了好多光景之后，在从吉祥寺回六本木的路上，我好像懂了他说的"漂泊"。

我也在这个过程中正视了这些天里几乎要生出来的隐约的暗恋。

对于那一小丛没有完成生长的情感，我不再有自责和疑惑。

想起我妈妈推崇的那句本居宣长说的话："人心深处的真实，是超越道德的更高层次的存在。"

那天梦里，我梦见我找不到我妈妈了。

我跋山涉水穿行于北京的家和伊豆的寺院之间，其间镶嵌着东京那些熟悉的街景，每个路过的人都面容模糊神情冷漠。

所到之处没有人知道我妈妈的下落，没有人在意她人在哪里。

最后终于在新宿的酒馆找到一张能看清楚的脸，是盘坐在葛饰北斋浮世绘前的羽生庆太，我哭着对他说："庆太，带我去找我妈，我们再也不要离开，好不好？我们再也不要离开。"

哭醒之后，想起第一天到伊豆的寺院。

傍晚时分，在那间不大的书房里，我见到我妈。

等我坐定，送我来的羽生庆太给我倒了一杯茶，我妈，我，庆太，我们三人围坐在茶桌边，安静地喝茶，大家的话都不多，不像久别重逢。

日落之前，庆太望向窗外说：

"看，晚霞是紫色的。Yuki，你妈妈最喜欢紫色。我也是。在日本古老的和歌里，'紫'这个字本身也有'缘分'的意思。"

我抬眼环视那间不大的书房，在书桌侧面的墙上，用大头钉随意钉着一张长条的和纸，上面是我妈妈的笔迹，用毛笔写着《源氏物语》中源氏那句既成经典的感叹：

"既然生如朝露，但愿有始有终。"

那十二个字，和窗外紫色的晚霞呼应着，似乎猛然将空间无限延长了，延长进隐约的旋律之中。

我忽然觉得这幅画面特别熟悉，那画面很美，有很多理由动心，它好像一个梦境，好像早就发生过，又好像我只是"回来了"，我们不过是跋山涉水在此重逢。

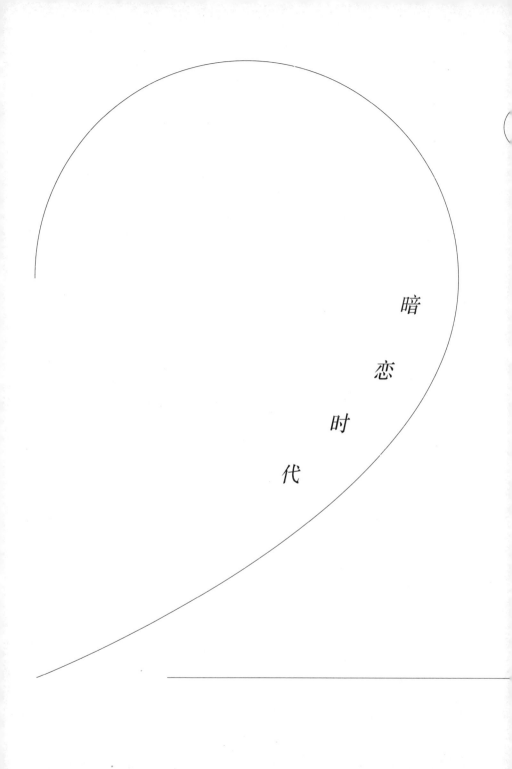

暗
恋
时
代

暗恋的 A/B 面

一

我跟黎浩然在将近二十年里一共面对面见过七次。之所以我能清清楚楚地记得次数，是因为我们每次见面都必定伴随着一件意外发生，好像我们两个人分别自带了什么化学物质，这两种物质只要离近了，就能勾动天雷地火。

这些意外，包括他的鼻梁被永久地打歪和我从六楼跳下来。

尽管如此，黎浩然依旧不认识我。

在他第三次看见我的时候表现得像失忆了一样，我就放弃了被他认识的愿望。

再后来，我就真的也不是太在乎他认不认识我了。

话说回来，人跟人之间，怎样才算"认识"？

有多少频繁在一起吃在一起睡的人，但凡碰上屁大的事就"刺溜"一声飞鸟各投林，生怕跑慢了自己被牵连。

"情义"对只顾憨吃傻睡的人形同草芥。

这样的认识，有什么意思？又有什么意义？

我跟黎浩然不同，我们俩，没有说过任何一句话，然而，只要我们碰面，就出事儿，其程度之深，如同能随时"过命"的知己。

尽管，我们家的家训是"事不关己，高高挂起"，可天底下有几个小孩儿是跟着"家训"长大的？

我从小在心里就希望自己是一个很酷的人类。

成为"酷人类"的第一个标准是反传统，对小孩儿来说最容易做到的反传统就是不听大人的话。

可惜，我是个胖子。

胖子不论做什么都很难显得酷。

因此我更加珍惜黎浩然。

每次只要他出现，我就能忽然很接近自己的本性。

什么是酷？不管不顾接近自己的本性就是酷。

我喜欢那样的自己。

和大部分平常人一样，多数时候，我没有那么喜欢自己，我只是习惯于"维护"自己，维护就是维护，维护不是喜欢。

被黎浩然点燃了的那个"我"不一样了，好像忘了维护自己，成了一个既不瞻前也不顾后的"忘我"的"侠女"。

黎浩然对我似乎也是一样。

我不知道他平常到底是什么样的，反正，碰上我的时候，他的种种反应，如果放在古代，起码是个"壮士"。

然而，不论我们经历过什么样的义勇之交，下次再碰见，"侠女"和"壮士"，又仿佛被榨干了管理记忆的脑细胞，看起来像毫不相关的陌生人。

我不相信他是装的，黎浩然的眼神很干净。人什么都能装得出，唯一装不出的是脸红和眼神。

他看我的时候泪腺没有特别分泌，瞳孔没有不正常收放，就是坦然的"人生初见"的眼神。

我也不认为他有什么生理性的健忘症，后来我成为他的忠实听众，收听他的每一期节目，也没找出任何他可能健忘的蛛丝马迹。恰恰相反，正是因为他时常在节目里回忆他自己的一些行踪，我才特别确定那七次我碰上的，的确是同一个人，的确是这个名叫黎浩然、几乎见证了我人生全部重要突发状况的陌生人。

说他是"陌生人"，似乎也不准确，可我并不知道如何定义我们互相的存在。

这是一个怎样的存在呢？快二十年的交集，他的真相里从来没有我，而我的真相里，主角都是他。

第一次见到黎浩然，是我即将升入小学五年级的暑假，那年我十岁。

那天是返校日，我从学校出来，路过菜市场的时候拐进去晃荡了一会儿。

逛菜市场是因为我喜欢三毛。

我的那个成长年代，显得特别酷的女性不多。

三毛肯定算一个。

所以她的书成了我主要的行为指南。

某一天看了她的一篇文章，说梦想成为一个捡垃圾的，而且，她还教会我一个文绉绉的词叫作"拾荒"。

从此我就开始东施效颦，好像被三毛附体了一样，经常披头散发去菜市场"拾荒"。

拾着拾着，我就真的喜欢上了菜市场。

愉悦不可能只来自于精神面。经过长期观察和多年反复练习，我已经能熟练地获取一些能就地生吃的瓜果蔬菜。

如果观察得再仔细些，还总能捡到零钱。

浪漫派总要有现实主义兜底才能持久。

我喜欢菜市场，除了因为三毛这个精神领袖之外，也因为它让我相信"运气"的存在。

那天就是那样，我从菜市场走出来，在转角的下水道边上，捡到一张两毛钱纸币。

那张纸币不知道经历了多少被转手的艰辛，又脏又皱，几乎看不出原貌。

幸好有我这种慧眼识珠专门捡钱的小孩儿，它才不至于被彻底埋没在下水道旁边。

我把那两毛钱捡起来，像个考古的学者发现了一件有价值的文玩一样对它进行了一番精心复原，然后奔向利民巷口的小摊贩，买了一朵棉花糖。

那朵棉花糖是粉红色的，色素和糖精这两种人间顶没用的东西，被弹拨成粉红的一团，在阳光下盈盈地反着光，顿时因"色相"重塑了价值。我举着它穿过利民巷的时候，开心极了。

儿童特别容易在夏天开心，就像文人特别容易在酒后感到诗意一样，这种固定搭配被重复过足够的年头之后，成为人类的"天然"。

利民巷位于我的小学和我家之间，原本那是我每天上学放学的必经之路。

那天，适逢暑假，又正值大人们都还在上班的下午，巷子里空荡荡的，只有我和棉花糖在同步雀跃。

我和棉花糖在那条不到一百米的巷子里流连了半小时。

在那半小时里，棉花糖被我赋予了生命，我们是两只相依为命的动物。

在多数同龄少女都在披着毛巾被演古代宫女的时候，我玩儿得最多的是对着墙上的影子想象自己是动物。

想象最多的是大熊猫。

我从小就很识时务，以我对自己清醒的认识，就我当时的身材，应该无法获得进宫当宫女的机会。

再说，当宫女多俗气。

熊猫多酷。

是的，我从来不认为熊猫"可爱"，熊猫只是制造了一种可爱的假象去蒙蔽那些对它们过度热情的人群。

长大成人之后，我成了一名职业漫画师。熊猫是我固定的主角。

它们总有一种对外时虚构的随和的温和独处时孤独的冷。

我当过孤独的胖子，我熟悉那种想象。

在肥肉离我而去之前，我很少袒露"我没那么快乐"这个事实。

"不快乐"这种调性对形象是有要求的。一个体重超标的女孩不被允许以这种听起来太文艺的形象示人。

为了避免人格分裂，我只能偷偷摸摸地对自己保持真实，因而大部分推心置腹的"朋友"都是虚拟的。

那朵庞大的棉花糖因为跟我体型接近，迅速获得了我的信任，在那个暑假的下午成了我的密友，在经过利民巷的那五十米的过程中，我对棉花糖已经无话不谈。

当时的我和棉花糖都不知道，几分钟之后出现的一个比我大四岁的男性即将取代棉花糖的地位而成为我真正的"密友",并且,这种关系以一种特殊的存在方式延续了将近二十年之久。

　　我在最后一次见到黎浩然之前成功甩掉了三十几斤肥肉,它们在伴随了我全部童年全部少年和大半个青春之后功成身退,让我在黎浩然面前回归我自己:我是那么的多愁善感,那么的"理想化",同时又那么的脆弱并悲观。
　　然而黎浩然并不清楚这一切的变化以及这一切变化对于我的重大意义。

　　他对即将要发生的事没有任何准备,他只是从我身边路过,不,确切地说,他只是没有选择地奔跑在一个午后寂静的巷子里,不小心碰上了我。

　　黎浩然跑过来的时候手上拎着一个袋子,那袋子漏了,一路沥沥拉拉地漏出些液体,像一道虚线斜在黎浩然和他脚下的利民巷之间。
　　他身后不远处跟着跑过来两个男生。黎浩然路过我的时候转脸向我的方向看了一眼,大概是我手中的棉花糖体积大得太不合情理,他在看向它的时候迟疑了两秒钟,这两秒钟的迟疑给了追逐他的人机会。眼看黎浩然就要冲出利民巷的时候,那两个紧跟其后的男孩追了上来,他们像两只有经验的小兽一样忽然变换成夹击的队形,在我眼前不远处把黎浩然堵在了墙角。
　　黎浩然手里拎着的袋子里滴答出的液体从虚线变成实线,实线落在地上聚成一个不规则的湿乎乎的圆形，我看清了，那是一滩血迹。

后来居上的那两个男孩没费什么力气就把那袋子流着血的东西抢了过去。他们大概追得挺愤懑的，虽然抢到了东西仍不甘休，一个人对着黎浩然的脸给了一拳，另一个人则抬起脚踢了黎浩然的小腹。

黎浩然没有还手，先是无声地捂住鼻子，又无声地俯身护住小腹。他抬起脸的时候鼻子流着血，打他的人趁兴抬手在他脸上一抹，因此我第一次看清的黎浩然，是一张被抹满了血的脸。

如果事情只是发生到这一步，就无法变成一个"伏笔"。无非是一个百无聊赖的小学生看见了三个打群架的中学生。

命运当然不会这么无趣，命运总会让有缘的人经历一些节外生枝。

我跟黎浩然之间的节外生枝就发生在他被劫又被打之后。那个抹了他一脸血的男生从容地离开肇事现场。在他们路过我和棉花糖的时候，不知道出于什么勇气，我没什么征兆地一伸腿，把他绊了一下。

我没把他绊倒，但当场把他惹怒了，他冲我嚷道："你以为老子不打女人吗？你他妈的胖猪！"然后一伸手把棉花糖重重地按在了我脸上。

我听见自己的后脑勺"咣"的一声撞在了背后的墙上，脸上立刻像被戴了一个用棉花糖做的面具，上面还沾着黎浩然的血迹，鼻孔瞬间被糖絮堵得要窒息，眼前一片粉红。

黎浩然在目睹这些节外生枝之后，重整旗鼓。

我隔着棉花糖看见他顶着一脸血冲过来，和那两个男生重新陷入巷战。

寂静的巷子被这三个少年打出滚滚尘土，我紧张地左顾右盼，不确定自己要不要加入混战。幸好双方实力悬殊，没容我踌躇太久。黎浩然第二次被打败之后蜷在地上，那个把棉花糖扣我脸上的少年抡起手里的袋子砸向黎浩然，袋子里的血和着不明液体闷声重气地砸在黎浩然身上。那一瞬间，我明白了"血腥"的意思，现场对嗅觉的冲击甚至大过了视觉。

再次完胜的那两个少年在离开现场之前又走向我，回头喊了声："黎浩然，看着！"接着其中一个人走到我面前从我后脖子拎起我的衣领。

我猜他原来的计划大概是想把我拎起来然后再摔下去，然而可能我比他想象的要更重一些，所以他只是象征性地把我拎站起来，接着就势推倒。这一次我正面朝地重重地摔了下去。

夏天的巷子里因为一个重物坠地而闷声响了一声。我当时心想，完了完了，棉花糖彻底被我压扁了。

两个少年对结果很满意，从容地离开。

他们走后黎浩然也起身离开。他并没有多看我一眼，也并没有要给我更多帮助的意思。

多少年过去，我都还记得黎浩然蹒跚走远的样子，他一身血渍因滚满尘土和成或红或紫的泥垢，那些泥垢深深浅浅地布满了他的身体，很难分清哪些血是他自己的伤口流出来的，哪些是那袋子里击打出来的。

我对那个把我放倒的少年心存奇怪的感谢，是他让我知道了"黎浩然"这个名字。

后来我在黎浩然的电台节目里也听过他讲述这段经历。

令我欣喜的是，在他的讲述中竟然提到了我的存在，只不过，他讲到我的时候用的修辞是"一个刚好路过打架现场，不幸被卷入混战的胖儿童"。

我不知道他是故意忽略了性别还是他的确没有在意我的性别。

他说："我也不知道是什么点燃了我的愤怒。明知道打不过他们，还是要奋力一搏。结果我的鼻子被打歪了，一直到现在，我的鼻子还是歪的。"

讲完他笑了。

擅长揭自己短的男人总是特别性感。

那时候黎浩然已经是在小众中有相当号召力的夜间节目主持人。

他总会像促膝而坐的老朋友一样在恰当的时机说起自己的往事。在那些讲述里，没有特别的粉饰也没有特别的渲染。

然而，会有一些忽略。

比如，他忽略了我。

黎浩然不知道，在他的故事里只是不明性别的"胖儿童"，从那场意外发生之后，开始了对他长达二十年的纠缠。

我们活在同一场景和两种剧情中。

场景开始于一场少年的斗殴，在他的剧情中，他只是对打输了的结果气不过，而在我的剧情中，我们像两个行走江湖的古代人，狭路相逢，不说话，只动手。

"不说话，只动手"是我能想到的最高级的人类交集。

"夏天夏天悄悄过去留下小秘密，压心底，压心底不能告诉你。"

这首庸俗的小调在那个暑假成了我默默哼唱无数次的循环曲。每当它在我心头响起的时候，都伴随着头撞墙的晕眩和鼻子隔着棉花糖闻着血味的腥甜。

这首歌的歌名是《粉红色的回忆》，我简直觉得，它就是为我而作的。

尽管这首歌本身自带的那股搔首弄姿的廉价气息有悖我推崇的"人不酷毋宁死"的人生观。

但，我原谅了我自己，因为我的心里首次出现了一种奇怪的感受。

因为这个感受的出现，我开始对自己小心翼翼起来。

全世界最伟大的导演之一保罗·索伦蒂诺①在他的作品《年轻的教宗》里用一封情书提问说："什么时刻爱最美丽，是失去时抑或是发现时？"

不知道。

但可以确定的是，不论发现爱或是失去爱，人都有机会接近最美的自己。

___

① 保罗·索伦蒂诺，意大利著名导演、编剧，代表作《年轻气盛》《绝美之城》。——作者注

二

十几年之后，黎浩然在他自己的节目里讲到了发生在利民巷里的那件往事。

在叙述之初，他让听众们猜猜，那天原本在他手上拎着，后来被另两个少年抢走的袋子里面，装着的到底是什么。

我在不知道跟他距离多遥远的房间里，独自静静地听着他的讲述。

那期节目结束之前，黎浩然宣布了谜底："那只袋子里装着的，是一个刚从医院里偷来的胎盘。"

他说。

说完笑了笑，他在说到"胎盘"的时候，那两个字像是经过了腔体的孕育以一股暖流自下而上从舌尖弹出来似的。好像他说的不是胎盘而是"睡莲"或起码是"黑松露"。

而我，听到他说出"胎盘"这个答案时，独自在房间里，眼泪掉下来。

这是我等了多少年的谜底。

它向我证实了我少年时的揣测。

是的，事发当天，当那个渗血的袋子闷声重气砸在黎浩然身上的时候，我就猜到里面装着的是个胎盘。

这个被我自己用了许多年美化成"缘分"的猜测，其实只是基于我的常识。

我妈是市医院妇产科的护士长。

从我有记忆起，我妈就经常拎胎盘回家。基本上，"吃胎盘"是我家一项持续了很多年的"传统"。

在起初我妈她们医院管理松散的时候，胎盘在我们家出现的频率比老母鸡还高。

所以我对胎盘的形状和气味等特征都非常熟悉。

而且我特别讨厌吃胎盘。

也可能是我家烹调胎盘的方式太没有想象力。

常年都是放葱姜蒜白水煮胎盘，热的时候蘸酱油，吃剩下的放凉了蘸醋。

以至于我长大之后很少吃凉拌肚丝或肉皮冻。

除了胎盘本身难吃之外，每次吃胎盘的时候我妈都会在饭桌上跟我爸讲我们当天吃的那个胎盘的主人的轶闻。

想想吧，得练就什么样的定力才能不在意自己的盘中餐来自一具血淋淋的人体。

我妈不管，每次都讲得有声有色。且但凡我露出任何不配合的面部表情，她都会以骂我"不知好歹"开头，接着再讲半个小时她多么不容易。

唉，有多少女人的"不容易"，都被她们自己的嘴巴给毁掉了。

胎盘这东西，不仅难吃，还成了我妈常年教训我产生愧疚的诱因，所以我对它心存憎恶。

直到黎浩然出现，它的意义才在我的人生中忽然被改变了。

女人在陷入幻想的时候特别喜欢寻找共同点。

当大部分庸俗的女性还在执迷于星座属相或哪首流行歌的时候，我跟黎浩然之间有一个其他人很难超越的共同点——我们都是"吃过人的人"。

理论上说，这种说法，并没有任何夸张：胎盘难道不是人的一部分吗？

那么吃了胎盘算不算是吃过人呢？

我没有深究这个命题，只是在需要的时候，把它浪漫化了。

比如，为什么我父母的一次关于胎盘的争吵，刚好发生在黎浩然出现的前一天傍晚。

那天我在客厅里佯装写暑假作业，我爸和我妈在厨房一边做饭一边聊天。

我妈从冰箱里拿出一块冷冻的胎盘递给我爸，我爸拿了一个碗，把那块胎盘放进去，又加了清水解冻。

我妈一边切姜丝一边对我爸说，最近经常有贼潜入她们妇产科偷胎盘，大家的怀疑对象分别都有谁。

说完她又跟我爸抱怨了一下医院的政治，说如果不是新来的主任无事生非增加了很多规定，胎盘就不会忽然变成了那么紧俏的东西。

我爸说，既然社会大趋势是从计划经济走向市场经济，那么胎盘也应当配合变革的脚步。

我妈好像不太同意我爸的论调。她捏紧了菜刀，以不必要的力度一边在案板上剁姜丝一边提高了分贝说："我就反对市场化，市场化的结果就是所有人都将更重利益！"

我爸反驳道："那凭什么你就能心安理得地作为既得利益者，凭什么你无偿吃胎盘而别人不具备这个权利？"

我妈把刀一扔，说："就烦你这种任何时刻都充好人的架势！我这怎么能说是无偿？这是我工作应得的一部分！我每天那么苦那么累，就拿那么点工资合理吗？吃几个胎盘算什么？要说既得利益者，你才是既得利益者！医院里那些脏活累活都是我干的，拿回来的胎盘你可是没有少吃一口，这时候又摆出一副拥护政策的嘴脸批评我！社会上就因为你这样的人太多，才导致了计划经济的问题！如果人人都像我这么吃苦耐劳有担当，还需要什么市场经济！"

"唉，你们女人就没有能力宏观地看待社会问题！不改革怎么振兴经济？大家都穷，谁还生娃？没人生哪来的胎盘？"

"哼，你别在这儿冒充内行了！谁说穷就不生娃？穷的时候生得还少吗？"

"算了，这些需要登高望远的问题，跟你说你也听不懂。"

"哼，你能耐大，你能耐再大你也是从你娘的胎盘上脱落的！别的我不懂，胎盘的问题你还真是未必有我清楚！"

两个人就这个话题吵了整个的做饭过程和吃饭的过程。

每当我父母争吵的时候，我的心情总是特别愉悦。因为只有在他们把不满投向对方的时候，才不会有多余的精力表达对我的不满。所以我一直都不太理解那些抱怨父母不和令自己童年多么不快乐的小孩。诚实地说，我父母的不和才是我童年快乐的来源。

那天也是一样，听到他们吵架，我暗自高兴起来。趁我妈顾不上管我，偷偷把《撒哈拉的故事》夹在课本里读了半小时。

我对他们争论的内容完全没有兴趣，但无意中获知了胎盘的紧俏和胎盘经常被偷窃以及因此产生的"黑市交易"。

就是这样，当翌日黎浩然拎着滴血的袋子跑过我身边的时候，我的常识告诉我：那里面是一个胎盘。

在那个下午，当我的棉花糖被打落、黎浩然的鼻子被打歪、他手中的胎盘被抢走之后，我人生首次体会到了"动心"的快乐。

我也不知道是什么促使一个儿童以十岁的年纪就早早产生了"动心"这种感觉。

当然了，又有哪桩情感是能数据化出标准的结果供人参考或供人预防的？

我十岁，动了心，还是暗自动心。

等我长大之后，成了职业漫画师，有一组漫画一度在小众中受人追捧。那组漫画的主题叫作《人人都有抑郁症》，主角是两个动物：大熊猫"都酱"和斑马"人人君"。他们之间的发生，有很多都来自我对我跟黎浩然之间的想象。

因为没有真正的交集，那两个角色之间的发生，比任何现实中的孽缘都来得更丰富。

那个暑假结束之前，有一天我妈搞"偷袭"检查我的暑假作业。我没有来得及防备，被她发现了我那个抄歌词的本子上有好几页都写满了"黎浩然"这三个字。

我妈立刻展开了对我的审讯。

"说吧！这是谁？"

"我是想写'孟浩然'，写错了。"我喏喏道。

"放屁！扯谎也不打草稿！你是我养的，我还不知道你！"说完"啪"地给了我一巴掌。

"您还在医院工作呢，有没有常识？这么使劲！都快把我打成脑震荡了！"我捂住后脑勺喊道。

"脑子坏了我给你治！你说说心坏了可怎么治！"说着把我的歌词本给撕了。

"我怎么就心坏了？"我委屈道，看着掉了一地的"黎浩然"，哭起来。

"你还哭！你说说，你都这么胖了，怎么还想着早恋呢！"我妈摇头叹息给自己家暴找了个台阶下。

"我是胖可我又不是傻！"我回嘴道，"你们大人的逻辑真有意思，胖瘦跟感受有什么关系啊！"

"你感受个屁！"我妈不耐烦了，"都怪我，把你喂得太好了！饿你三天看你还胡思乱想！说！这个人到底是谁?！"

"没这个人，我就是写着玩儿的！"我继续争辩。

"这有什么可玩儿的！"我妈说完一把把我从她面前推开。

我一时没站稳，往斜后方倒下去，碰倒了衣架，衣架砸在我爸摆在书架上的一个玻璃瓶上，瓶子"咣当"一声掉在地上。

这一壮举引发了我们家又一轮内部战争。

因为那不是一个普通的玻璃瓶，在那个瓶子里，有一条一米多长的红色的蛇。

那条蛇是这么来到我家的。

有那么一段时间，我们那个城市的酱油厂有一个女工死于意外。

关于她的死有两个版本。

其中比较简单的那个版本是说，她就是在做酱油的那个大酿造池旁边失足掉下去被淹死的。

另一个说法比较惊悚，说她是遭到奸杀之后又遭到弃尸，尸体被丢进了她生前工作的酱油池中。

大部分的人都患有不同程度的被迫害妄想症。因而第二个版本被更多市民口口相传。

关于凶手是谁，是什么样的人，有更加花样繁多的推理和争论。

一时间，城里人人自危，妇女们忽然都感到自己的贞操和命运受到了威胁。

我妈作为城里的一位妇女，也陷入惶恐。

时隔多少年之后，我爸和我妈吵架，我爸还是会拿这件事攻讦我妈："你说我关心你不够，我怎么关心你不够，那年酱油厂死了个女工之后，还不是我每天去接你下班？我那难道不是对你好？你也不想想，你怎么可能被杀？人家那个酱油厂女工什么岁数？你什么岁数？人家那个女工长什么样？你长什么样？"

"她长什么样？你见着啦?！你见过你怎么不去派出所提供线索？"

我妈把话题带偏之后他们又持续吵了很久。

不过，不管我爸当时是出于自愿还是被迫，在酱油厂女工死于意外之后，有那么一段时间，他确实经常去接我妈下班。

但也不像他说的是每天，其中有很多天，都是派我去的。

成人们在做很多选择的时候都并没有真的经过大脑，否则，派一个少年女性去接一个中年女性，到底是在增加风险还是减少风险？

我父母没想过。

在某一次去接我妈下班的路上，我在穿过一片小树林之后，在路上遇上了那条红蛇。

那个时候，我正在为变成一个不合群的少年全力以赴地努力着。

当时我对一切选择的判断标准只有一个：如果同龄人都这样，我就选另一样。

平心而论，我怕蛇。

但，转念一想，大部分少年女性都怕蛇，好，我立刻产生了勇气。

我走到蛇面前，跟它对视了一阵。

接着，就发生了诡异的一幕。

那条蛇忽然蛇头一偏，像人一样晕厥了过去。

这太奇怪了。

我从装作不害怕，变成了真的不害怕。

我把那条装晕的蛇捡了起来，没去接我妈，自己先回家了。

路上，那条蛇在我手上呈不规则八字形。

我能清楚地感到它是装的，因为随着我的脚步的上下，它的身体也会有时轻时重的配合，那种微妙的给对方力量的呼应就好像两个默契的舞者能从手掌心感到对方接下来的方向。

真正没有知觉的生物才不会有力量的呼应。

就这样，我们一人一蛇回了家。

我爸也没问跟我回来的为什么是一条蛇而不是我妈，就帮着我一起找了个玻璃罐，从此那条蛇就成了我们家正式的宠物。

也许，蛇过得并不快乐。

大部分时候，它都像第一次见我时那样装死。我们只有靠发现丢进玻璃罐里的食物少了来判断它确实活着。

那条红蛇就这样在我家装着死苟且度日，忽然，罐子掉下来摔碎了，红蛇意外获得了自由。

我当时被摔得眼冒金星，我妈急着扶衣架，我们俩都没看清蛇的去向，它就消失了。

后来我们一家三口把能翻开的地方都翻了一遍也没找到那条蛇，就算那天我们家从厨房到阳台的确是有几扇开着的窗，但，没有任何人能证明红蛇离开了我家。

自那之后我经常会做噩梦，那是我人生首次开始做噩梦，在那些梦里，那条蛇经常无声地质问我，我不知道在潜意识里我对蛇究竟在愧疚些什么，但那些愧疚悉数化作了恐惧。

我父母一致认为我为此精神恍惚是过于神经质，他们无情地批判了我的恐惧。

"你自己养的你为什么要害怕？如果你很坦荡，没想过辜负它，它为什么要针对你？"

"这个家一穷二白的，蛇还会赖着不逃走？你以为蛇的智商跟你一样吗？"

"我跟你爸为什么不做噩梦？那是因为工作累的！只有像你这么四体不勤的人才有闲工夫做噩梦！"

我的父母，这样一来一回地把我的恐惧又坐实了一些。

又过了几个月。春节到了。

家家户户开始走亲访友。

有一天我们家来了一个常年不见个性活泼的亲戚。在我爸妈忙着给他端茶倒水准备瓜子糖果的时候。那位亲戚在我们家客厅里到处踱步，对很多细节都表现出了极大的兴趣。

他没看出我爸妈对他提问的回答都接近敷衍，自顾自保持着他自己的兴致高昂。最后他驻足在我妈买的一个塑料摆件面前。那是一个用塑料做的"发财树"，放在我们家唯一一只皮沙发后面。这两样令我妈引以为傲的物件都丑极了，还特别占地方。

男亲戚隔着沙发盯着那丛塑料看了半天说："现在的东西，做得越来越讲究了，这个也太逼真了！"

我妈听见有人赞扬她买的东西，高兴起来，从桌上拿起一个橘子，一边剥一边说："我们家老刘还嫌它占地方。我就说嘛，家里总得有点寓意吉利看着喜兴的，真植物养起来太麻烦，假的多好，不闻不问，四季常青！"

说完把剥好的橘子递过来。

亲戚回身接了橘子，又重新扭头继续看向塑料说：

"主要是这条蛇做得太真了，还吐信子呐！这个，平时用换电池吗？"

"什么蛇？"我爸妈迅速对视了一眼，齐刷刷靠近那棵假树。

"就这个啊。"说着，好奇心太重的亲戚已经把手伸向塑料树叶深处，结果他的手被那条藏匿在里面的红蛇咬了一口。

那年春节是我们家过得最热闹的一个春节。

我妈忙着带亲戚去医院，我爸忙着安抚被咬患者的家属。那条藏在我们家半年之久的蛇在闯祸之后被当场擒获。

那个没分寸的亲戚在医院反复强调让我们把蛇弄死。

"谁会想到你们家里养一条活蛇啊！"

"谁又会想到在社会主义新时代的一个建设中的城市，竟然有人把蛇放在楼房里养啊！"

他反复重申了以上两点。

要说呢，他说得也不是没有道理。

我父母本着息事宁人的态度按亲戚的要求给予了赔偿。

这个事件成了一段逸闻,在我们那个小城中口耳相传。好几年之后还有人在介绍我们家成员的时候用"就家里养红蛇的"当作形容词。

我父母在那之后做了一次彻底的大扫除,比春节前清扫得还要彻底。他们发现蛇把皮沙发后背咬了个洞在里面给自己做了个窝,他们在蛇做的窝里发现了蛇囤在那儿的、还没来得及吃完的半块胎盘。自此,我们家一切令我不悦或感到不安的都结束在那一场大扫除中了——我不喜欢那只彪悍的皮沙发,我不喜欢塑料做的发财树,我讨厌吃胎盘,我害怕化身为谴责者的蛇。

之前鉴于我在家人微言轻,所有这些令我心神不宁的构成都只能默默忍受。

这下可好了。蛇死之前咬烂了沙发还荼毒了假树,蛇吃剩的胎盘不堪入目的形态也终于令我妈对那东西彻底倒了胃。

一切的发生之于我都是如此计获事足。要不是年纪太小,我简直就要信教了。

对了,蛇被我放走了。

那几天,我趁大人们忙乱,把蛇藏进书包,跑到那片遇上它的小树林边儿上把它放了出来。

又把事先装在书包里的一个小塑料袋里事先煮熟的饺子掏出来丢在附近。

"小红,以后别吃胎盘了,那东西多恶心。吃点饺子吧,也算过年了。"

"小红"是我给那条蛇起的名字。

小红真是一条仁义的蛇。当我把它从书包里拿出来放在地上的时候，它竟然不顾严寒再次在我面前上演了装死的戏码。

我顿时感到获得了它的原谅，一阵喜极而泣。

因为蛇的自由，我也感到了某种自由，从此再也没有做过噩梦。

那是我整个小学生涯最轻松的几个月，为了报答我父母，整个一学期我都特别用功，考出了自上学以来的最好成绩。

人在获得好运的时候一定要懂得谦逊和及时回馈他人。

我从小就无师自通地明白这个道理，因而并没有对这些发生喜形于色，只是默默地做了些取悦我父母的事。

那几个月，我们家政通人和，我都把黎浩然给淡忘了。

等再次见面，已是几年之后。

三

步入青春初年，我对三毛的迷恋到达巅峰，基本上觉得和世俗的世界已经无法共存。

等到了初二，我就在我父母和老师们的眼皮底下，偷偷摸摸地，从愤世嫉俗的热情的孤僻，变成了事不关己的冷漠的孤僻。

我妈在我刚上初一那年的冬天收养了一只流浪猫，她的天性里不知道哪个部分忽然被开启，从此一发不可收拾，等到我上初二的时候，我们家已经有大大小小五只杂交的流浪猫。

我妈，作为一个跟陌生人握手之后都要立刻扭头偷偷拿酒精棉球擦手的职业护士，给自己家里弄了一屋子流浪猫，这里面潜藏着多少家庭矛盾和人畜冲突，可想而知。

人一辈子能有多少遭遇，其实取决于人对自己有多少发掘。

比方说我妈。

不论是她自己还是我们家任何其他成员，都没有料到她从一个对自己身体之外任何发热体都保持距离的洁癖患者，忽然有一天，就成了一个对流浪生物无节制表达爱心的爱猫人士。

那一切的发生缘于一场博弈。

有一年秋天，我家对门搬来一对南方口音的年轻夫妻，这对夫妻入住之后不久，就把他们自家阳台改成了一个小卖部。

这本来也没什么，我父母还乐得家里买个油盐酱醋什么的更方便了。渐渐，小卖部生意不错，他们又给自己增加了一个营业项目——开始卖烙饼。为了丰富烙饼内容，他们又在阳台外面搭建出了一个棚子，在那儿支了个灶头，为搭配烙饼提供摊鸡蛋切熟肉什么的。这样一来，我妈开始不乐意了。她认为对门这家人在利用公共空间发家致富。

实际上，就算是有地方给我父母无偿使用，我们家也没有任何人有做小买卖的能耐，但我的家人们还是因为别人的收获感受到了不公。

在经过几次寒暄试图唤醒邻居的良知而未果之后，我妈派我爸作代表去跟对门的邻居交涉。

我爸妈在计划去交涉的时候也并没有想好解决方案，因此，交涉终止在了对方反问的两个问题。

那两个问题是：第一，做烙饼碍着谁了？第二，如果做烙饼碍着谁了，对方希望怎么样？

我爸没准备好答案，被问得愣在那儿。摊主看出了谈判对象跟自己实力悬殊，从小卖部拿出两瓶他们家自制的药酒，说："俗话说'近邻不如对门'，有什么想法，好说好商量。"又说："俗话说'能者多劳'，要我说，其实是'穷者多劳'。我们就是这种劳碌命，背井离乡，过得朝不保夕，不像您和大嫂，都有铁饭碗哦。我们这种人，只能靠自己。别看就做这点小买卖，那也是起早贪黑一刻不得闲。"

"我看他们也不容易，两个人背井离乡，过得朝不保夕，别看就做那么点小买卖，那也是起早贪黑一刻不得闲。"我爸拎着邻居给的酒回来，重复使用了邻居的论点试图说服我妈。

我妈痛恨败局，同时讨厌我爸喝酒，气愤道："自古无奸不商，这生意人就是会'见人下菜碟'这一套。我在医院工作这么多年，什么人我没见过。他们跟你哭什么穷，什么异地他乡？跟你说得着吗？是谁请他背井离乡的?！还是谁逼他背井离乡的？得便宜卖乖！"

我妈是一个注重结果的人，看我爸谈判失利，她在医院找了几个工人帮忙，在我们家一楼搭了一个面积略大过烙饼摊的小窝棚。

那窝棚伫立在烙饼摊附近，于风雨飘摇中表达着我妈宣布主权的决心。

这种混乱的情况持续了不久，卖烙饼的邻居搬走了。

抗争看起来是我们家大获全胜。

围观群众对此说法不一，有的说卖烙饼的是因为不堪压力所以搬走了，有的则说其实是小卖部加烙饼摊生意不错，这家人已经完成了阶段性的敛财目的，所以搬到更方便致富的地方去了。

不管原因究竟是怎样，结果就是我们家多出了这么个没有任何规划不符合任何审美的违建小窝棚。在没有了烙饼生意的衬托之后，它看起来特别尴尬。

成年人当然不会轻易承认自己的错误，因而，为了合理化那个窝棚的存在，在卖烙饼的搬走之后，我妈开始没事找事地往窝棚里增加内容，企图化解尴尬。

不久之后，那个窝棚就成了储藏室，我妈把已经老旧但又舍不得扔的旧物件都放进窝棚过渡。

人的本性中始终存在着这样的自欺欺人，好像放慢了抛弃的速度就能改变抛弃的本质一样。

入冬之后，我家的窝棚招来了几只流浪猫。我妈的业余生活又有了新的支点，每天想各种招数去窝棚驱赶流浪猫。

在被驱赶的流浪猫当中，有一只黄白花儿的特别倔强，不论我妈使用什么手段，不久它都会返回窝棚。

就在这场拉锯战胜负未明难解难分的时候，街道上派了专门的管理人员来，向我父母普及了公共区域的管理规章，并规定出了让我们拆除窝棚的时间。

鉴于窝棚已经完成了对抗邻居的历史使命，我父母因此做出积极配合规定的姿态，隔天就把窝棚给拆了。

那个窝棚被拆掉的当晚，我们一家人半夜被凄厉的猫叫声给惊醒了。

那只跟我妈势均力敌的黄白花流浪猫找不到窝棚，大概以为是我妈打击它的策略，摆出了宁死不屈的姿态，蹲坐在我家院子里惨叫抗议。

我妈在声色俱厉地发出多次恐吓都赶不走它之后，不知道出于什么心态，竟然换了个缓和的语气，对着那只猫说了句："咪咪，来，进来。"

奇怪的是，那只对我妈说的所有话都坚决对抗的流浪猫，在听到这句之后奇怪地表示了配合，依我妈的召唤，从我们家开着的门缝里蹭了进来。

那只猫登堂入室之后巡视了一圈，然后蹲坐在我家客厅继续惨叫。我妈就像听懂了猫语一样去厨房给它热了一碗剩菜。

那只猫吃剩菜的过程中，我妈已经给它起了个名字，叫"菜花儿"。

猫吃饱了之后正在舔爪子，我妈把它哄骗至洗手间，用洗衣粉掺消毒液给它做了彻底的清洗，又在它被洗得七荤八素的时候掰开它的嘴给它喂食了我小时候吃剩下的儿童驱虫药。

我当晚第二次被那只猫的惨叫惊醒的时候，目睹了我妈戴着手术手套按着那只猫从猫屁股里拽出它拉出来一半的一条寄生虫。

"看看！我就知道！"我妈眼中闪烁着"料事如神"的光芒，那光芒出现在我妈眼中的次数相当罕见，我记忆中只见过有限的几次，之前的两次一次是因为我爸当上科长，另一次是因为我们家分了新房。

菜花儿就这样成了我家的一员。

世界上好多情比金坚的关系都始于冲突。

我不知道菜花儿的什么特质征服了我妈，也许是因为对抗的乐趣，也许是因为我那时候已经开始了跟家人之间的精神面上的隔绝，也许我的成长中有一些令我妈不满、遗憾或令她恨其不争的地方，她无法尽兴地表达，因而她就把过剩的管理和教育的热忱全都用在了猫身上。

当伺候菜花儿一猫渐渐无法满足我妈的控猫欲之后，她就一只又一只地又捡回来好几只流浪猫。

必须承认，菜花儿成了我们家的功臣，无形中它渐渐替我爸和我承担了一部分原本属于我们俩的责任——听我妈说话、被我妈训斥以及服从我妈的管理。

家里在引入一个新角色之后进入了更顺畅的循环。

我刚进入青春期，急着认识自我，对一切多余的亲情都十分不屑。

原本我和我妈两位女性都在生理上经历人生重要的转折阶段，我正在进入青春期，我妈即将步入更年期。然而，万幸的是，我们都给自己波动的情绪找到了支点。

我妈的全部热情都用于流浪猫上，而我则每天一言不发心系三毛和撒哈拉。

我不管不顾地留着三毛的发型和照着三毛的样子把我妈给我预备的衣服尽量穿出波西米亚式的破衣拉撒感。

作为一个胖子，把自己打扮成那样，有多容易受人排挤可想而知，不想孤僻也很难。

那时候我刚上中学，在我心里，被我认定是朋友的，除了三毛之外，其他都是我自己画出来的。

本来这样的人生也算不赖。

孤僻和孤独不一样。

孤僻是源于清高，清高是因为自认为有更厉害的人能理解自己。

在我心里，那个能理解得了我的人，是三毛。

所以我坦然在孤僻里，一点也不觉得孤独。

谁知，天有不测风云，忽然有一天，三毛自杀了。

我人生重大的支点猛地被拆解，一时完全无所适从。

我陷入她自杀的消息难以自拔，平生第一次，我自己也冒出了自杀的念头。

这个念头令我为之一振。一想到原来人在走入绝境之后还可以有更出人意料的选择，我心里莫名地有点激动。

三毛给了我两个重要的启迪：一是不上学也有机会忠于自己，并且还有可能人前显贵；另一个更重要的就是，原来对生命最大的破坏和宣战，不是伤害别人，而是毁灭自己。

我正陷入这种掺杂着悲凉与亢奋的复杂情绪无法纾解时，有一天在学校的公告栏，看到学生会贴出一个通知。

那通知上说，为了纪念三毛，高中部的文艺部组织在学校阶梯教室放映由三毛担任编剧的电影《滚滚红尘》。

我在看到这个重要的通知时呆住了，并不是因为要看纪念三毛的电影，而是通知的最后一行写着：看电影的同学需要提前报名，请按以下格式填写人数及姓名，并将写好的申请表于本周五下午四点前投入学生会信箱，并注明"三毛先生纪念委员会会长黎浩然同学收"。

看到"黎浩然"这三个字的时候，我的全身好像有电流通过。

瞬间，我的神魂又回到上一次我见到他的那个夏天午后的陌巷中。

我不长的人生，在经历过红蛇和流浪猫之后，好像又到了一个迷途。

在看不到出口又无法回头的时候，正孤立无援，黎浩然又出现了，就像他上次出现在利民巷一样，没有任何征兆地就撞进我雾气蒸腾的时光。

我在那张纪念三毛的海报前站了许久，一会儿掉眼泪一会儿笑，那情景给原本就看不惯我的同学又增加了不少嫌弃我的有效谈资。

在我刚失去三毛这个假想的知己时，黎浩然这个我假想的拯救者适时接替了三毛的位置。

他在三毛离世后不到一周就回到我的视线和脑海，我无法不把这看作是命运的安排。

为了这场只有我自己记得的"重逢"，我规划了一个隆重的仪式。

在经过反复思考、比较和过滤之后，我决定在三毛纪念活动结束后，当面送给黎浩然一瓶胎盘做的胶囊。

跟那瓶胶囊一起交给他的，还会有一封我写给他的长信。在那封信里面，所有的话都来自我在三毛不同的作品中摘抄的句子。

尽管每个单独的句子都不是我写的，但它们成为一个整体之后又完全在表达着"我的"想法。

我在完成这封长信的过程中几度失眠，想象着黎浩然可能会经历的感动令我兴奋不已。

我甚至还设计了他向我表白之后，我应该做什么样的回应。

就在我悉心完成那封长信的时候，临时出了一点小小的意外。

原本我家放药的抽屉里常年都有几瓶胎盘做的胶囊。等我打算拿两瓶出来提前包装好做最后的准备时，发现抽屉里没有存货了。

那天晚饭时，我装出一副快要生病的样子，跟我妈抱怨说最近学校的功课过重，让我身心俱疲力不从心。

我妈交替着冷热迥异的语气一边回应我一边逗弄菜花儿——当然是对我冷漠对菜花儿热情。

我趁她跟菜花儿聊得高兴，主动提议说："要不我吃两颗胎盘胶囊补补？"

"哎哟！难得我们家大小姐看得上我的胎盘了！哼。"哼完我妈转向菜花儿，"你说是不是呀菜花儿宝贝！"

菜花儿当时正眯缝着眼睛趴在我妈腿上享受着我妈的抚摸，它舒服地打着呼噜，没理会我们母女的博弈。

"我什么时候看不上您的胎盘了？我不是怕麻烦您吗？"我为了准备给黎浩然的礼物，忍受着我们家明显的人猫不平等的待遇。

"家里就剩几瓶让你爸看老领导的时候带走了，现在医院配额有限，今年都别指望喽！"我妈冷冷地回复完我，抱着菜花儿看电视去了。

这个节外生枝我倒是没有料到。

也许是太想借即将到来的见面引起黎浩然的注意，我对自己完成了一半的计划生出"非如此不可"的决心。

人在特别执着的时候特别不容易具备正常的是非观。

多少年之后还会暗自感叹，是什么样的动力，才让我在未成年的时候去当了一次名副其实的贼——由于家里没有现成的胎盘胶囊，我决定去我妈上班的医院偷两瓶。

　　我从小就被迫跟我妈去她们医院，所以对她们科室的地形和人物关系都相当熟悉。

　　不久后，我找了一个我妈轮休的午间，去了她们医院，跟几个认识我的护士分别说了不同的谎话。彼时正值午间休息时刻，护士们都很倦怠，根本没有人特别注意我的行踪。十几分钟之后，我书包里装着两瓶顺利到手的胶囊离开医院。

　　我从小就在医院混迹，因而，那成了一次万无一失的行窃。就算她们发现少了两瓶胶囊，也怀疑不到我。况且，就算是引起了她们的怀疑，对我来说也不太重要。

　　一个少年人格的建立是从蔑视成人世界开始的。

　　当时在我看来，被我妈当作是"特权"象征的胎盘，只是我自己的故事中一个小小的药引子，且它真正的意义还得始于我的偷盗。

　　由黎浩然主导的三毛纪念会如期举行。

　　那天，先是有几个高中部的同学朗读了三毛不同著作中的片段。

　　接着，黎浩然上场。

　　他在我左前方不到二十米的地方开始了他简短的演讲。

　　那是我第一次听到他的声音。

　　他的音色特别好听。

　　想必黎浩然自己也知道自己声音好听，所以他说话的时候特别注意控制音量，就好像美人基本天生矜持，人们对自己先天自带的好，都会在不自觉中给得很克制。

　　我沉浸于他的音色中，从那天起，就心甘情愿地沉沦为他的听迷。

其实,黎浩然的那篇演讲,严格地说,也不能算是演讲。他只是借三毛的生平提了几个问题。

"三毛于十岁开始读《红楼梦》。十岁时候的我们,在做什么?"

"三毛于初中二年级休学。初中二年级时候的我们,在学校学到了什么?"

"三毛于二十一岁,成了哲学系的旁听生,成绩优异。二十一岁时候的你我,会着迷于哪个领域的知识?"

"三毛于二十三岁只身赴西班牙,遇见她的荷西。二十七岁跟荷西重逢,我们呢?二十三岁会去到哪里?二十七岁又会遇见谁?"

"三毛于三十三岁那年出版了她的第一本著作《撒哈拉的故事》。三十三岁的我们,又会不会找到自己喜欢的职业,拥有自己想象中的成就?"

我们这些在座的几十个中学生,一时间好像都被黎浩然的问题给问住了。那时候的中国少年,但凡面临不知道如何作答的问题,撒手锏就是尽快表现自卑,仿佛"自卑"能随时以一当十,借此就可以回避所有其他问题。

因此,整个的阶梯教室,在黎浩然的陈词之后弥漫着浓浓的自卑的气息。

黎浩然没理会大家的自卑,他在提问完也沉吟够之后,清唱了一首三毛填词的歌,那首歌的名字是《说时依旧》。

我清楚地记得这个歌名,因为它特别符合我当时对文字的审美。那个年月的我们,习惯了从小到大所有能看到的文字作品大都钢筋铁骨到面目可憎,对三毛这种行文,简直是久旱逢甘霖。

后来我险些跟黎浩然见面，也是因为，一次他在节目中让大家猜他最喜欢哪首三毛填词的歌曲。当其他听众的答案都止步于《橄榄树》最多到《梦田》的时候，只有我，给出的答案是《说时依旧》。

我在黎浩然清唱的时候回味着他刚才的提问，我对他提出的所有问题，都对应着一个跟他有关的结论。

"十岁，我遇见黎浩然。"

"初中二年级，我们重逢。"

"二十一岁，又重逢？"

"二十三岁和二十七岁，再遇见再重逢？"

"三十三岁？"

我没有设想出三十三岁的答案，因为以我当时的年龄，三十三岁还太遥远，老得不可想象。

我在胡思乱想的时候并不知道，这些我在脑海中任由着自己年少的花痴信马由缰地冒出来的念头，竟然，逐一语成谶，像一个故事梗概一样，概括地预示了我和黎浩然未来许多年离奇的重逢，即使是我不愿意面对的三十三岁，也成了我们最后见面的年份。所有时间节点，每个都准确无误，好像我在命运的程序中胡乱输入了黎浩然这个密码，因而不论怎样都必须硬着头皮走下去。

当时的我并不认为那些念头只是简单的一厢情愿，因为我还信心十足地期待着黎浩然在读了我的那封信并收到我为他偷来的胎盘胶囊之后，会像我认定他是知己一样立刻对我刮目相看。

可惜，我的假设没有机会被证明。

黎浩然没有看到那封信和那瓶胶囊——那两件我呕心沥血准备的礼物，没过多久，就被烧毁了。

我所在的那个中学的名字在翌日登上了当地报纸，黎浩然也被写成"某高中部在校男生"记录在了报纸的报道中。

那天活动的高潮是这样的：活动进行至黎浩然设计的一个特殊环节时，阶梯教室失火了。

当时黎浩然的宣讲和演唱顺利结束，几个学生干部配合黎浩然的要求给每个参与活动的同学发了蜡烛，大家点燃了蜡烛，齐唱了三毛作词的《橄榄树》。

唱完，黎浩然指挥几个同学把阶梯教室的丝绒窗帘都拉上，然后他打开投影，开始放映电影《滚滚红尘》。

暗下来的阶梯教室在几十根燃烧着的蜡烛映衬下跟《滚滚红尘》的调性特别交相呼应。

大家在情调面前忽略了安全。

剧情进行到林青霞踩着秦汉的脚在阳台上共舞那一段的时候。两个情难自已的高年级同学东施效颦，在最后一排把外套脱下来盖在头上，两个人在外套里面举着蜡烛。就在他们还没计划好第二步的时候，蜡烛烧着了女同学的头发。那个男生帮女同学抢救头发的时候，情急之下把手里的蜡烛扔在了附近的丝绒窗帘旁边。

"想是人世间的错，或前世流传的因果……于是不愿走的你，要告别已不见的我……"

　　罗大佑的歌词，好像预言了这一场发生，借陈淑桦甜糯中渗着些苦涩的吟唱，娓娓道来。

　　阶梯教室起火被烧毁，我在逃出来的时候没顾上带走藏在抽屉里的胶囊和写给黎浩然的长信。

　　这还不是这件事最糟糕的部分。

　　隔了几周，我妈的医院整顿，她所在的科室弥漫起怀疑我妈"手脚不干净"的流言。

　　我妈蒙受这样的不白之冤，因为我。

　　在盗取胎盘胶囊的那天，我为了有备无患，事先偷拿了我妈的钥匙。完成偷窃之后，一时大意，把那枚钥匙留在了作案现场。钥匙柄上拴着的菜花儿的照片，让医院对丢失物品的怀疑，自然而然指向了那张照片的主人。

　　也或许是我妈命中有此一劫，那次整顿从这样的一桩小事无限延伸，经过大部分围观者"唯恐天下不乱"的裹乱，被当成了一个典型事件"严肃处理"。

　　事后我妈在家念叨了几十次"肯定有人故意陷害我，要不菜花儿的照片儿怎么会自己跑库房去了"。

　　这个事件的发生，再次动摇了我妈对人类的信心，那之后，她怀着一腔怨念提前结束了医院的工作，从此一心扑在猫身上。

　　到几年后我离开家去北京读大学的时候，我妈已经又陆续收养了四只流浪猫。等后来我大学毕业之后，我妈已经成为了一个彻底

的专业爱猫人士。除了在家养猫，她也经常喂养我家附近她步行能
到达的场所的流浪猫。在我家换了更大的新家之后，我妈甚至在凉
台上专门弄了一个小小的诊室，义务帮流浪猫做绝育，每年被我妈
亲自阉割的公猫多达几十只。

有生之年，我妈把她对人的热情完全转向了对猫的热情。

"猫多知道好歹，人知道吗？猫多知道感恩，人知道吗？"我妈
说的。

要说这结论，也的确无力反驳。

作为肇事者，我当时没有向我妈坦诚事实。也倒不是因为怕被
她责骂，而是我当时正陷入另外的、更差的心情中。

黎浩然再次没有任何征兆地从我的生活中消失了，在我才发现
他不到十天之后。

学校的官方说法是"劝其退学"，我获知的小道消息是学生会的
老师为了帮黎浩然减轻责任，让他公开道歉，结果是他宁可退学也
不肯道歉。

"如果这是我能为三毛做的最后的事，我情愿承担任何结
果。"——传说，这是黎浩然为此事做的总结。

我们从小到大各种事端都会有"官方说法"和"小道消息"两
个版本，大多数时候，官方说法的存在似乎就是为了衬托小道消息
的伟大。至于孰真孰假，谁在乎？

反正就是我再次错过了跟黎浩然真正认识的机会，然而，由于

他出现和谢幕在我硬把自己跟三毛捆绑在一起的青春初年，一切都显得如此卓尔不群。

　　尽管我们甚至都不算是真的认识，尽管我们甚至都不算是真的重逢，然而并不阻碍他以更多的变化和更深情的形态扎根在我心里。

　　等再见面，又是五年后。

四

考上大学之后，我第一次离开家，离开我父母和一屋子的猫。

那是一种很复杂的感受。

就好像身体里长久地存在过一个异物，长期小幅度发作，不是疼就是痒。

你原本厌弃它厌弃得要厌世，然而，忽然有一天，异物被移除了，那个原本被疼和痒折磨的地方，忽然空虚起来，空虚出一股凉薄的寒意。

好像异物和自己之间，已经形成紧密的依靠，尽管那个依靠是令人不悦的疼和痒，但，终究是依靠。

我和我父母以及那一堆猫，大概就是彼此的异物，我们看起来互相厌弃，我们伤别离，我们又用更刻意的冷漠掩饰别离的伤。

我也不能矫情地说在离开之后忽然了悟了我跟他们之间的恩情，不，并没有。

但，我憧憬过许多次的"自主"并没有给我带来任何快乐，反而，连嫌恶和被嫌恶都因为失去标的而孤立无援，我才知道，人类的绝望，只有开始，没有尽头。

更糟糕的是，我考进的那所学校，跟我肯定"八字不合"。

我始终不太喜欢我的母校。

我读的是师范学院艺术系。

有时候想，天下还有比把艺术和教育放在一起更拧巴的设立吗？

师者的核心是无私和重复。

搞艺术的核心恰恰是自恋和避免重复。

师者必须敦厚温暖保持平和。

艺术家容易苦闷，苦闷通常是因为自我认知和别人对你的看法之间存在着差异。

差异越大，苦闷越深重。

所以师范艺术系本身就是一个两种元素互相消耗的地方。

这个矛盾和消耗，决定了我在求学之初就无所适从。

当然，我考师范不是为了从事教育，而是那年刚好那个师范学院对我的家乡开放了一项特殊的招生政策。

至于我选的美术专业，那单纯是因为在突击了三个月素描之后，基于命中注定侥幸考上了。

我们全家对此快速达成的高度共识的唯一原因是它的坐标在北京。

我读了艺术专业，而我内心隐隐的属于艺术范畴的绝望与日俱增。

我不喜欢我的母校。

那个地方的生活环境和人文环境都挺糟糕的。

多少年之后我还会梦见那个肮脏的宿舍楼道和楼道里弥漫着的艳俗的廉价脂粉的气味。

由于我的一小部分同学借着专业的东风先于全国人民见识了名利的诱惑，因而她们更早更快更坚定地人心不古。

那个昏暗的脏楼道像一个微缩的名利场，一群女的比行头、比出去吃饭的次数、比回来晚的时间、比送自己回来的车的品牌、比结交校外人的数量和背景。

那些矢志不渝要扬名立万的女性早早被利欲熏心催化出奇怪的老态，她们在台上翘着兰花指唱着《兰花花》，但那股子发自肺腑的志在必得的狠劲儿，仿佛只要给她们装上足够分量的长指甲，她们就能随时演出任意一个清宫戏里的狠角色，且必须你死我活不把对手剁手剁脚扔进酒缸不罢休。

这些人在同学中占的比例并不多，然而足够把整个艺术系的氛围搅浑，搞得三观尽毁人人自危。

楼道里这么一番光景，宿舍里也没好到哪里去。

那时候我们系一个宿舍六个同学。

同宿舍中有一个自称有洁癖的女同学，这位以"洁癖"自我定义的同学，实则完全不讲究个人卫生，除了头发上长期散布头皮屑之外，还经常在床头柜里储存一些她从家里带来的可以放很久的食物。

在一个既没有冰箱也没有防腐剂的环境里，能放很久的食物，其气味可想而知。

我所在的宿舍六个女生分成两大阵营，大部分时候我和其他四个人一起讨厌洁癖患者，剩下的时候随时自由组合随时彼此讨厌。

我们这么讨厌她当然不只是因为她宣称自己有洁癖。

这位姑娘是我人生中见识的第一个"无所不知小姐"，好像没有什么话题能超出她的知识储备，且所有对话到她那儿一定是盖棺论定。

她的口头语是"这你都不知道啊"。

每当她说完这句再带着一堆相关补充之后，就没有人愿意继续对话了。

作为专业八级的"话题终结者"，她以一种好像祖传进 DNA 里一样的优越感成为我们宿舍的一个障碍物，令那个不到二十平方米的空间长期保持着让人不愉快的氛围。

不仅如此，她还经常约一个男老师在午饭和晚饭后来我们宿舍"谈心"。

我们讨厌这个女同学，讨厌出了恨。

这个世界上哪有那么多建立在烧杀抢掠上的仇恨？

这个世界上大部分仇恨都是发生在最平常的日子里的平常事，什么都扛不过"积少成多"这个量变必然引起质变的真理。

相对来说，楼道里那些恶俗的"脂粉派"至少"简单"，她们在狩猎和被狩猎的路上压根没打算立牌坊，她们所有的欲望都像 pizza（比萨）一样五花八门疙疙瘩瘩地摆在明面上。

而宿舍里这种打着谈心的幌子引狼入室的行为简直防不胜防。

在毕业十年之后，有一次我偶遇一位当年的同学，聊故旧聊到最后，他像压轴演出一样特地压低了嗓门说：

"你记不记得当年那个教地理的张老师？"

"记得，他当时像上班一样几乎每天到我们宿舍找我们宿舍那个叫'兰辛'的女同学，因为他是老师，舍监也不管，所以特别烦人。"

"嗯，他被学校开除了，流氓罪。"

"哦……"

我表面上简单地回复了一个不带立场的叹词。

等跟那个同学告别之后，我特地找了个没人的角落把憋了一路的四个字一口气喊了出来："我！就！知！道！"

说真的，用"大快人心"也无法准确描述我获知那个张姓老师被开除时的痛快心情。

就好像考试之前早早押对了一道题，在打开试卷的时候，为自己的料事如神而折服，这份折服的痛快，甚至能超越"金榜题名"本身的痛快。

人生难免会遇上几个改变你世界观的人。

比起追名逐利，更可恶的是道貌岸然。

明明就是个如假包换的下流胚，还总是拿着老师的款儿迷惑我们。让我们另外几个涉世未深的大学女生，经常陷入生怕冤枉了他们的矛盾的自责中。

好在，他们的"谈人生"活动在持续了将近两个学期之后，中止于兰辛的一次意外。

那是个周末，那天因为电视里播放老版的电影《简·爱》，所以一众向往文艺的女同学都早早跑去占座。

兰辛没去。

那天我们其他五个人离开宿舍的时候，兰辛正对着镜子扒拉脸上的死皮，我们也没在意。

她经常以孤芳自赏的面貌示人，仿佛参加集体活动有悖她"洁癖"的人生招牌。

由于占座心切，去得太早，等了二十分钟电影还没开始，我就跟一个女同学回宿舍准备再拿点零食。

等我们进了宿舍，兰辛正点着个小酒精炉给自己煮吃的，可能我们开门的动作太突然，她好像受了什么惊吓一样失手一掀，结果，整个酒精炉连同上面正煮着的一小锅汤汤水水都扣在了她的大腿上。

兰辛的原则是绝对不跟我们分享她的食物。

说实在的，她那些看不出是动物还是植物的存货，真给我们也没有人愿意吃。

但分享食物是宿舍里的重要社交，让自己迅速成为一个被孤立的住校之人通常需要四个条件：第一，无所不知；第二，不分享自己的食物但不请自来吃别人的；第三，表现出在异性中更受欢迎；第四，常年明晃晃地亮出优越感。

兰辛不辱使命，把一个青春期的女人可能的讨人厌，发挥得面面俱到。

就算是这样，那天我们还是本着人道主义精神，放弃《简·爱》，全宿舍一起送她去了医院。

那次烫伤之后很久她都行动不便，据说之后她的两个大腿内侧再也没能恢复原来的肤色。

兰辛经历了相当长一段的恢复期，整个恢复期那个男老师都没有踏入过我们宿舍半步。这倒也帮了兰辛的忙，至少在那个阶段，我们大家因为她的受伤和猥琐中年男教师的逃避而大幅度减少了对她的厌恶和孤立。

那个时候，我自己的注意力也转向了校园外。

我恋爱了。

我的初恋男友是个热爱摇滚乐的小混混。

我们是在一个酒吧里看内地几个摇滚乐队现场演出时认识的。

那时候我已经摒弃了三毛时代的波西米亚风，我自己和我所有的行头都只有黑白两个颜色：穿一身黑，涂最白的粉底，擦深黑色的眼影和唇膏。

从内心到表情都愤世嫉俗，结交小混混和去现场听摇滚乐简直势在必行。

在我还没有放弃对"酷"的追求的年龄，有限的见识里"酷"的全部视觉表现就是把自己打扮成一个行走的底片。

我记得那天也是那样，我一身黑混迹在现场，身体随着音乐晃动并不时发出叫喊。

那天在现场演出的有一个叫"指南针"的乐队，主唱是一个叫罗琦的女孩儿，她唱了一首《请走人行道》。

我第一次听到那首歌，瞬间觉得她唱出了我当时的心声。

在整晚都竖着食指和小拇指跟随人群又蹦又跳又嘶喊还不解气的时候，我冲旁边一个文了个花臂的男的大声说了句：

"你丫傻逼！"

不知道为什么他不但没生气还递给我一瓶啤酒。

我喝了那瓶啤酒之后把啤酒瓶子摔碎在地上。

花臂带着一群小混混合着节奏冲我喊了几声"牛逼"！

然后我又连续喝了好几瓶啤酒，喝完瓶子都当场摔碎了。

一小时之后，花臂成了我人生第一任男朋友。

"你知道吗？那是我这辈子第一次说脏话。"有一次我向他坦白。

"我知道啊，当时就看出来了。傻样儿吧你。"他说。

其实那也是我第一次喝啤酒和第一次坐摩托车——还是一个陌生人的摩托车。

花臂小混混平常总是骑摩托车，我们刚开始交往的时候他经常骑摩托车带我去复兴门旁边的真武庙二条吃上海大排面。

"给我媳妇儿加一块排骨！"他跟卖面条儿的说。

我不知道他靠什么为生，但他会忽然消失几天然后忽然出现在学校里，衔接第二个"忽然"的是他会塞给我一卷钱。

"万一要哪天我跑路了，你一看钱就不生气了。"也许他只是用这种说法把给我钱合理化，也许他只是说了句大实话。

确实后来有一天他猛然就不见了。胡乱地花掉那些钱让我的情绪有所缓冲。

过了好多年我都记得那些没什么浪漫元素的对话。

不知道为什么，我仍旧觉得为那些画面那些话动心是值得的。

也或者只是我自己把他的表现浪漫化了。想象他跟王朔笔下的某几个人物一样，有着忧伤而柔软的内心，只不过生不逢时，才故意演流氓伪装自己。

我就是这么一厢情愿地想象着我的那位初恋男友，因而不论他表现得多粗鄙，我都会自动在心里给他写完另一个版本的"不得已"。

我最喜欢的电影是陈可辛的《甜蜜蜜》，最喜欢里面的情节是曾志伟饰演的黑社会客死外国街头之后，张曼玉饰演的女朋友去认领尸体的那场戏。

当我看到张曼玉把曾志伟翻过来，对着他背上的那个米老鼠的刺青笑着恸哭起来的时候，我在电影院长时间地泣不成声。

因为我那个小混混男友在认识我之后不久也为我特地增加了一个刺青，在他后腰附近的那只没什么美感的大熊猫记录着我的出现和存在。大熊猫附近不远还有一只蜜蜂和动画片里的花仙子。

我没问出处。

为了符合那个自己追求的调性，我使出全身力气在各种发生之下都保持着假装出来的"不在乎"。

就在我演不在乎演到呕心沥血的时候，我的小混混男友因为各种不大不小的犯法被抓入狱。

在他受审期间，我骑了快三个小时的自行车顶着风到一个特别偏远的地方给他送衣物，在那儿碰上了另外两个也去给他送衣物的女生。

我们仨，像一个组合，都是黑衣黑帽大白脸大黑嘴唇。

可能因为都是顶着风来的，过白过厚的粉底也盖不住三张脸都是披头散发之下一脸春红。

我从此再也没有以那个形象示人。

追求小众的人最痛恨的事就是与你为伍的人人数过巨。

尽管，那个理论上应该算是我"初恋"的小混混并没有给我什么像样的爱情。

但他跟我之前认识的所有人都不一样的那副流氓腔，足以当作是资本，让我对我的校园生活更加不屑。毕竟，我是一个认识过真正的犯罪分子的人，那个人称我为"我媳妇儿"。

那一楼道削尖脑袋的歌手、被烫伤的室友和道貌岸然的文化课老师，在一个实打实的流氓的对比之下，黯然失色。

那年，才上大二，我已经觉得自己老了，老得好像要为终有一天会离开这个世界而提前练习如何疏远人群。

我正练得起劲儿，谁知又被一个意外出现的人给拉到了自己的对立面。

那是一个长相丑陋又自命不凡的青年，是当时在我们学校进修的代培生，姓王。

事后我常想，与其认定那段时间他是在追我，不如说，他只是在挑战他自己，而我是他那一场挑战的第一回合的重要标的物。

代培生在那个时候的校园是被歧视的人群。他们通常来自比我们更偏远的地区，在那个各种矿产还没有被挖掘的时代，这意味着他们更穷和更落后。又不是通过正常考试入的学，毕业之后也不会有机会留在上学的地方，"代培"因此包含了"被施舍"和"从哪儿来回哪儿去"的潜台词，因而很难获得公平对待。

被小看通常是励志故事的开始。

那个长相偏差、学识一般的代培生王同学偏偏有一颗"运偏消而志自高"的心，在靠外表靠读书都行不通之后，他开始另辟蹊径。

我不知道为什么我成了他的第一个目标。

那是个晚春。

槐花开了，校园里到处是槐花香。

我午饭之后在宿舍门口的小卖部买了一瓶酸奶，等走到教室，刚好喝完。

那天下午，我正独自在教室看一本美术史的书。

教室的窗前有一棵正值壮年的槐树。

我心情晕染了花香，高兴起来。

我起身到隔壁水房把酸奶杯洗干净，装了一杯水，拿回来摆在书桌前，然后打开窗，伸手在那棵槐树上折了一小枝槐花，插在酸奶瓶里。

艺术史就着花香，美化了那个午后。

我正看得高兴，那位王同学出现在教室门口，站在那儿驻足了一阵，问我："喜欢槐花？"

我抬头看了他一眼，什么都没说就低头继续看书。

以我的长相和资历，没有太多被人示好的经验。

但，以王同学的长相和资历，更不容易以示好就能轻易动摇谁。

王同学看我不理他，也没有挣扎更多的对话，只是又在原地默默站了一阵，就走开了。

我在半小时之后就把这件事放诸脑后了。

等他再出现，是晚饭后。

晚饭后到晚自习前的那一个小时是宿舍最热闹的时候。

一切日常社交活动都在那个时段进行，通常那时候也是舍监管理最松散的时段，很多男同学趁机混入女生宿舍，而因为有男生的混入，女同学们比其他任何时间都更在意争奇斗艳。

那天我跟平常一样，正在以明确的肢体语言和面部表情，表达着对正在蚊帐里"谈心"的女同学兰辛和张姓男老师的不满。

那天傍晚，距离兰辛被烫伤还有两个月，猥琐的男老师又来了我们宿舍，两个人又在蚊帐里若隐若现地喊喊出出，我又在以放东西的动作特别大和面部表情特别狰狞在表达着无力也无效的不满。

这时候，走廊里传来一阵骚动，接着，有人敲了敲我们宿舍的门。

宿舍门开着，我一回头，看见午后找我搭讪的王同学站在门口。

"你找谁？"我面无表情地问。

"找你。"他笑笑。

他当时两只手背在身后，说完"找我"之后，回身，用力一拖。

接着我就看到他从身后拖出来半个树杈。

"你不是，喜欢槐花吗？所以，我帮你，摘了一枝。"王同学说完扶了扶眼镜。

我这才看清楚，在他的身后，有一根长度超过一米五、树冠直径超过一米的槐花树枝。那哪里是"一枝"，那根本就是"一棵"。

我不知道他是怎么把一根比他的手腕还粗的枝干从槐树上给硬掰下来的。

结果就是，我迅速成了被女生宿舍热议的焦点人物，顺利取代兰辛成为最新一周被大家讨厌的对象，好几天过去都还有人使劲打喷嚏大声抱怨"花粉过敏"。而王同学则被以"破坏公物"论处，在学校大会上遭到严厉的批评。

我没有因此对他这个人本身增加任何好感，他的不悦目还是那么明显，他的自命不凡也还是那么刺眼。

那位王同学并没有因为校方的责备和我的无动于衷而气馁。

在那个学期，他锲而不舍，陆续又为我干了几件引发其他同学议论的事。

一次是他看到我在校园里对着墙打网球，没几天之后，他不知道从哪儿弄了把园丁用的剪刀，找了个做工程的梯子，把我们宿舍墙体的爬山虎剪掉，露出个心形的墙面，还用粉笔在墙上写了我名字的首字母。

我一个坐在小流氓摩托车后面叱咤过混混界风云的人，怎么会吃"在墙上画心"这一套。

他因此被学校罚协同园丁给绿植浇水一学期，并被警告说如果再有类似破坏公物的行为就会受到提前结束代培遣回原籍的处理。

"遣回原籍"的警告起了作用，王同学收敛了一阵，等再次表白的时候没敢再破坏公物。

那是在中秋的学校联欢会上。

王同学上台自己弹吉他唱了一首《滚滚红尘》。

他肯定不知道，他的这首歌选得歪打正着。

我因此忽然想起黎浩然。

并且，因为黎浩然，我才忽然想起我自己。

我怎么了？

我到底应该是怎样的？

我爱过吗？

我被爱过吗？

我在《滚滚红尘》的旋律中飞速地思索了这些问题。

并且和所有以往想到这些问题时一样，没有答案。

因而我在他的歌声中倍感落寞。

等王同学唱完歌，拿着麦克风宣布说刚才那首歌是献给我的，宣布完又问，能不能请管理控制台的人帮忙关一下灯。

"只需要一分钟，这次绝对不破坏公物。"他在台上开着自己的玩笑。

好心的管理人帮他关了灯，这时候，他从椅子后面一块布下面拿出来一个玻璃瓶，里面盛着不知道他从哪儿捉到的十几只萤火虫。

拜那个时代的生态所赐，竟然还有萤火虫这种生物曾经真的存在过我们的真实生活中。

他抱着那种玻璃瓶从台上缓步走下来。

他走到我面前，把萤火虫递给我，然后拿着麦克风说："神说，要有光，于是就有了光。"

整个场地一阵哄笑，刚被关了的灯也再次亮起来，我在众人注视下经历了人生最尴尬的一分钟。

然而那种尴尬里又有些不一样的刺激，好像一碗非常难吃的食物里面放了催情药。明明就知道它相当难吃，但就是身不由己地有点蠢蠢欲动。

那以后很长时间，我走在校园里都能听到背后有人用"神说"当开头说些嘲弄的话——因为当时我接过了那瓶萤火虫。

与其说我是被感动了，倒不如说，我是被打败了。

然而，跟冗长的"前戏"比起来，接下来的发生，简直可以用"鬼斧神工"来形容。

我在众人瞩目下，一手托着萤火虫，另外一只手伸过去牵起王同学的手，我前他后地在同学们的嘘声中步出礼堂。

我那么做是因为我不知道怎么收场。

而王同学在把萤火虫递给我之后，好像也没想好之后的剧情。

这种关键时刻，"经验"开始发生作用了。

我记得我认识小混混的那个晚上，在喝完啤酒摔完瓶子之后，他就是这么一把拖住我的手，忽地把我拖到了门外，拖进了一段我从来没有经历过的人生。

我就照猫画虎地把王同学从礼堂拖到了校园里。

然而，我并没有小混混的能力震慑住身后这个被我拖出来的异性。

出礼堂之后王同学就挣脱了我的手，接着一路我们谁都没说话。

等到了南墙根，他从兜里拿出一根烟，点燃，蹲在地上开始抽烟。

他蹲在那儿的姿态好像我小时候成人们如厕的姿态，尽管我没进过男厕所。

等烟快抽完，王同学翻起眼皮从眼镜框的上半缘看我，好像看不明白似的，微微摇了摇头，重新低头，冲斜前方吐了一口唾沫，然后长叹一声。

我从来没见识过这样的人和这样的情况，完全失去了应急的能力，只好傻站在他面前等待分晓。王同学看我不走，胜券在握地又蹲了好一阵，才再次抬眼说道："你说说你，啊，你怎么能当着人跟我拉手呢？亏你还长了一张冷脸！我完全被你的假象给骗了！你好歹也是个城里人对不对！唉！城里人怎么能这么不矜持呢?！真是！你一个女的，主动拉男的手！唉！你们这种女人啊！"

说完，他站起身拍拍屁股，路过我面前的时候略停顿，欲言又止，然后又长叹一声走开了。

他的那种自肺部深处发出的混浊的叹息，通常都属于经历过不堪折磨的人。

我就这样莫名其妙从一个被追了好几个月的主角，因为接受了一个道具，而瞬间降格成了被蔑视的龙套。

实际上，我对这个人还是一点好感都没有，因此也谈不上对失去他有什么可惜，然而他的态度转变之快令我不解，这不解让我产生了很深的自我怀疑。

不久之后，之前所有受人瞩目的戏码，都成了我被人背后嘲笑的素材。

这令我陷入那个阶段的最低谷。

我后知后觉一般开始想家。

我后知后觉地开始理解我妈为什么那么喜欢猫而那么厌恶人。

而我又因为无法表达"想家"而陷入自己给自己的桎梏。

大学三年级，我得了抑郁症。

至于诱因，我也不知道是什么。

肯定不是因为那些俗脂艳粉的同校生，也不是因为伪洁癖的室友和真猥琐的老师，更不是因为被抓走的小混混或一个追我又甩我的丑陋的代培生。

那到底是为什么？

我也不知道。

如果非要掘地三尺挖出一个说给自己听的理由，大概，就是那种活生生的、怎么也没有同类的无计可施的感觉。

这种无计可施久了，就转换成了一种被称作是"抑郁症"的摩登的病态。

这不是我自测的结果。

那学期快结束的时候，校方通知我父母到学校面谈，劝我休学回家治疗或休养。

我父母对此很愤怒。

愤怒主要是对我。

"太矫情了吧!"

"什么抑郁症，还厌食! 让她每天干八小时体力活，再饿三顿，我看就什么都好了!"

嗯，以上的话，确实是我亲生父母说的。

等我被接回家之后，他们渐渐发现我的情况恐怕很难用"干体力活"和"饿"去解决，才开始正视问题。

我在看了半年多医生吃了一年药之后，大脑的各种分泌又恢复了正常，但也如愿没有再重返校园，而是正式地开始了画画度日的生涯。

和我小时候想象过的一样，我像三毛一样开始了一段自修生涯。

要说这也算是一种如愿以偿。

据我父母说，那是我最"懂事"的一个阶段。对家人有礼貌，对外人有礼貌，对猫有礼貌。

只有我自己知道，那不是"懂事"，那只是一种"寄人篱下"的感觉在作祟。明明就是回到自己家，和父母在一起，然而，清清楚楚感到"寄人篱下"。

这也没有什么不好，至少它是一个动力，让我暂时把对"酷"的这个人生追求掩藏起来，表现得尽量懂事。

很多时候，当人陷入问题，孤独不一定是最辛苦的处境。因为孤独的时候只需要面对问题，而不需要另外编辑一个版本去抚慰那些试图关心你的人们。

比如说厌食这件事。

厌食不是简单的"不想吃"。

厌食是仿佛忽然失去了"吃"这个人类仅次于"哭"的第二个本能。

好像一切跟食欲和吞咽有关的机能忽然之间全部丧失了。

那是一种非常痛苦的感受，就像失眠患者累极了但睡不着一样。

厌食不是不饿。

厌食是饿，饿极了，但食不下咽。

比厌食本身更痛苦的是家人对厌食的关切。

必须要在关注下假装吞咽食物简直是一项刑罚，但又必须要努力吞下去些什么，否则会辜负那些关切。

那半年，我从一个体重原本六十多公斤的胖子，变成了一个勉强超过八十斤的瘦子，在一米六的身高比例下，这种体重的变化自然导致形象骤变，我终于可以明目张胆地伤春悲秋了，再也没有人硬要把"胖子必须高兴"这个世纪误解硬扣在我头上了。

对了，在学校的时候，我第三次见到了黎浩然。

那是一个傍晚。

我在大家都去食堂吃晚饭的时候独自登上楼顶。

那天是个好天气，站在楼顶能清楚地看到西山的轮廓。山的墨蓝，和夕阳的赤橙杂糅出一种我想象中的北宋气息。好像一个晃神一个转身就能错步踏入《千里江山图》。或一起念一纵身，就能化身为徽宗笔下的一只羽翼瑰丽的小小鸟。

我喜欢的小说家张大春在他的作品《聆听父亲》中写道："住进一个没有命运也没有浴缸的房子。"

好爱这句话。

因此我戏仿了以下的这句：

"我要一个没有人也没有时间的命运。"

这个句式换成这两个名词，适用于我人生的很多时刻。

那天也是那样，在一个嫌恶人也被人嫌恶、恐慌于过去和未来的当刻，我做出了自杀的决定。

对一个抑郁症患者来说，自杀是比活下去更容易做的决定。

只不过，因嫌恶人之故，要找一个清静的自杀方式和自杀之地也不是信手拈来。

我在简单分析了各种形式之后，于那天对人世到了一个非了断不可的心情，于是登上楼顶。

夏天的晚风像一个情商很高的朋友，以一种顺势而为的柔和，环绕出一股暖暖的凉爽。

我觉得惬意极了，心里怀着对自然界各种馈赠的感谢，爬上屋顶边缘的飞檐，从那儿滑了下去。

其实呢，自杀过的人应该都知道。

我那天的处境也是那样。

原本决定要死的时候还处于淡淡的喜悦中，进行到一半情绪就被屋檐给毁了。在那之前我只在楼下抬着头瞻仰过那个飞檐儿，真爬上去之后才发现它比我目测的要宽得多。

我在好不容易爬上飞檐之后，已经失去了自杀的心情。然而，整个人那时候已经滑下飞檐，只有两只手在死死把着边沿。

所以，真相是最后我是因为失重被迫松手才掉下去的。

整个自杀过程，唯一受伤的也只有手掌。

我在一松手一闭眼之后，还没来得及感受动力和速度，就已经"着陆"了。

确切地说，我掉在了一个保护施工现场的拦网上。

后来才听说，我所在的学校，由于扩大招生，正面临宿舍不够住的困境。所以学校决定要在楼顶加盖一层，预计在那个暑假开工。

就在我决定自杀的前一天，施工单位在楼体的高层做了一圈防护栏，为防止楼上施工用的材料从空中坠地伤人。

结果我成了这个防护措施的首位受益者。

当然了，这个防护措施设计得也不是那么人性化，比方说它就没有给自杀者做特别的设计。

我掉在了那个网子里，前无村后无店的，就那么尴尬地被悬在了半空中。

当时正值晚自习时间，大部分同学都已经去教室了，我孤立无援地趴在网子里，羞耻心在抑郁过后已经恢复，看着楼下走过的同学，实在是不好意思放声呼救。

大概过了十几分钟，在尝试了几次都无法完成站立之后，我沮丧极了，心里默默下定决心，下次再死的时候一定要更完善事先调研工作。

当时唯一能自行完成的动作只有顺着网子匍匐前进，我就那么茫然地往前匍匐了一阵。

就在我匍匐到楼体转角的时候，透过一间盥洗室的玻璃窗看到一个人站在那儿。

我清楚地记得那个人正对着一排水龙头和水槽里的一个脸盆发呆，当我好不容易使劲伸出胳膊敲击到那个玻璃窗时，他好像还被我吓了一跳。

那个人是黎浩然。

后来，因为一个特别奇怪的原因我才知道，那天，原本他自己也要自杀。

他说当天他准备好了锋利的刀片，去了他喜欢的女生的学校，在对她完成最后告白之后，她离他而去。他则留在了她的宿舍，并且，轻车熟路地找到盥洗室。

那间女生盥洗室是黎浩然特别熟悉的地方，他曾经无数次地帮他女朋友在那儿洗过不知道多少件衣服。

就在黎浩然准备在他提供过洗衣服务的盥洗室割腕的时候，忽然有一个陌生人以怪异的情景出现在窗外。

制造那个怪异情景的陌生人就是我。

我匍匐到黎浩然斜后方不远处,求救,他打开窗户,登上窗台,用他准备割腕的刀片割开了足够大的一个豁口,刀片在完成了能将我放出来的历史使命后,裂成两半。裂开的一端刺进黎浩然的手指,他也顾不得流血的手指,一手扶着窗棂,一手托住我,把我从护栏上救了下来。

这么一来,我也害他失去了自杀的心情。

诚实地说,我并没有认出他。

我跳进那个盥洗室,我和他,站在那儿,一时不知如何开始一场对白。

还好,我们为难的僵持没过太久,那个他当时正一心爱慕的女同学返回了事故现场。

"黎浩然!"她叫道,语气中有种宣战的意味。

女人就是这样,就算自己不想要的东西,一旦发现有被他人窥探的可能,就会立刻被激起收复失地的决心,这种心情在动物界通常被称为"护食儿"。

那女生是比我高两届的学姐,我们之前并不认识,之后也没有交集。

我当时刚跳过楼并且匍匐过二十分钟,其狼狈可想而知。

有的人的防备只是条件反射。

有的人的孤独也是条件反射。

到那时,我甚至觉得,黎浩然救我也是条件反射,只不过,这种条件反射,以我们这种见识一时无法解释。

眼看女主角强势登场,我作为过客赶紧识相地离开。

尽管那女同学喊出黎浩然的名字时我一阵心惊肉跳,但为了不去激化那位女同学剑拔弩张的"护食儿"情绪,我赶紧掉头走开了。

"她是谁?"

"不认识。"

关于我,他们之间只说了这六个字。

然后他们陷入低语。

就在我快走出那个楼道时,听到那个女同学忽然提高声调嘶喊出两个问句:

"我有错吗?"

"我想过更好的生活我有错吗?"

嗯。

这两个问题也是大部分天下女人都曾经自问过的问题。

凡是这样问自己的,其实那并不是一个问题,那只是她们宣誓的方式。

那女生在毕业后嫁给了一个比她大将近二十岁的歌唱家,她自己也因此成了经常出现在三线电视台晚会中的独唱演员。

那个歌唱家是她决定离开黎浩然的原因。

大部分的女人一辈子都会面临"选一个更爱自己的还是自己更爱的"这种老套的选择。

大部分的女人都会羡慕别人的选择，不论别人的选择是什么，只要跟自己的不一样，就值得羡慕。

就像男人总觉得没得到的是更好的，女人通常会觉得落在他人手里的一定是更好的。

不知道那个女同学在她之后安居乐业的人生中有没有想到过那个为她企图自杀的黎浩然。

也说不定，她根本无从知道，黎浩然曾经打算在为她洗衣服的地方了断自己。

我们的人生，有多少谜底是掌握在他人手中的。

不管谜底是怎样，每个人都在选择中虚虚实实地过生活。

几年后黎浩然成了知名电台主持人，几年后我成了不知名漫画家，几年后女学长成了知名演唱家的人妻和略知名演唱家。

她人生中最轰动的事件是多年之后她和老歌唱家的独生子因吸毒被抓而登上头条，一家三口的知名度因新媒体节外生枝的特性而以 N 次方的发酵速度快速攀升，一家三口瞬间都成了知名人物。

她在接受一个节目采访时声泪俱下地试图说明自己也不容易，希望大家理解她的难处，理解她丈夫的难处和她孩子的难处。

"他还只是个孩子。"

她的所有论点都像一个经过深思熟虑的公关稿。

我隔着电脑屏幕对着她的哭诉翻了个白眼。那是一张 Botox 的比例已渐渐超过骨胶原的脸，因而尽管表情扭曲，也看不出什么诚意。

我在经历基本的世事沧桑之后已经具备了基本的铁石心肠。

　　我对这个哭诉的女性没有任何同情，凭什么一个人在追名逐利享尽特权之后还要求别人"理解"？"别人"有什么义务理解你？

　　人啊，真的不要随便发誓，誓言比人想象的更容易实现。
　　比如这位学姐。
　　如她当年盟誓的那样，她终于街知巷闻，因为一个丑闻，全球华人都有机会窥视到她看起来还不错的生活。
　　她实现了我和黎浩然分别自杀那天她大声宣告的誓言——她确实过上了看起来"更好的生活"。

　　那是二十年之后发生的事了，我在看到这个新闻的时候又想到黎浩然。
　　当年那位亭亭玉立的学姐，以一个独唱家的站姿出现在那间盥洗室门口，用经过歌剧训练的嗓音喊出那三个字："黎浩然！"

　　救我的人像一只训练有素的导盲犬，一低头一转身，温顺地回到主人身边，如果当时给黎浩然配一条尾巴，我相信，他一定会摇一摇又夹一夹，然后加速摇和夹的转换，以一种很难用语言表达的复杂情绪密集地晃动暴露在外的器官，去拥抱他始终渴望的呼唤。
　　就算，命运在没多久之后坐实了他被抛弃的事实。

　　是啊，也许在不同的时空中，我们都曾经渴望过"要一个没有人也没有时间的命运"。
　　然而，我们又何曾有幸经历过这样的仁慈。

那个傍晚，我没有回头，用侧身的体温感受着黎浩然的离去。

学校盥洗室的灯光昏暗，逼仄混浊，不配窗外远山如《千里江山图》一样的颜色和气度。

始终觉得，用白色的灯还不用瓦数大一点的场所都潜藏着根深蒂固的不人道。

我在拐出那个楼道之后在原地站了几分钟定了定神。

我的左手里还留着黎浩然的血迹，不大的一坨，正在我的掌心从液态走向固态。我轻轻握着它，好像在挽救一个绒毛小动物一样，努力地让那一小坨血和我保持同样的温度。

离开那个盥洗室的时候，我看到地上那半个刚才救了我命的刀片，我离开之前俯身用右手默默捡了起来。

等回到我的宿舍，我用纸巾把刀片擦干净，然后用锋利的一面，在左手掌心划了一道。

我的血渗出来，和黎浩然的血汇集在一起。我继续握好它们，用右手拿起自习需要的课本，离开宿舍，走向教室，汇入真真假假的在学习着的同学们。

教室的灯也是白色的，但比盥洗室的亮很多。

那时我想，好吧，那么就勉强活下去吧。

在我父母接我离开学校之前，我唯一默默告别的地方就是那间盥洗室。

对那一段大学生活，我没有特别的感谢也没有特别的怨尤。

没过多久，我就淡忘了猥琐的老师、被烫伤的同学和追求我的代培生。

但我记得我试图自杀那天的天气和宿舍楼道里弥散的味道。

当然，我也记得无意中救了我的黎浩然。

离开宿舍的时候，那女生训练有素的呼喊回响在我的耳畔："黎浩然！"

我掌心细微的伤口还在，那一点点有温度的疼记录了一个值得被珍惜的秘密，我回望了一眼，在心里默默说了句："谢谢。"

五

离开学校只是人生的转场。

我和黎浩然之间的牵连没断，在我二十二岁和二十七岁的时候，又分别应着自己"乌鸦嘴"的预言，跟黎浩然邂逅了两次，跟前面几次一样，都还是没有征兆也无疾而终。

不同的是，二十七岁的那次见面好像一个连续剧的大结局，用一个桥段解开了前面所有的谜面。

尽管我们仍是没有任何交流，但因为场景特别，于无意中给了我很多答案，好像一个复杂的拼图，经过那次见面，全部的因素都在最短的时间各就各位"四角俱全"了。

那一回我们参加了同一个课程班。

那是一个自我探寻的课程班，是我在患抑郁症期间认识的一个"病友"推荐我去的。

那个课程的前两天都是在黑暗的教室中进行的，说是旨在更注重聆听内心的声音和练习信任。

在这种肃穆气氛的笼罩之下，我在课程前两天根本没有可能发现黎浩然跟我同处在一个空间里。

到第三天，是一个催眠治疗的时段。

当第三个"同学"接受催眠并分享个人经历的时候，我从那个人的声音判断出他是黎浩然。

这才恍然发现，原来我跟他竟然在同一个教室中共处了超过四十八小时，如果不算三十三岁之后的事儿，那几乎算是我们在一起相处最久的一次了。

帮我们做催眠治疗的专家据说是一位在心理治疗界名噪一时的"大师"。

那个老师在对我们进行催眠之前先讲述了他自己的经历。

如何少年成名，如何中年得意，如何在人生看起来像走到巅峰的时候经历最爱的人死在自己面前的惨剧——他十九岁的女儿在跟他和太太一起吃完午饭之后，从那家饭店他们用餐的天台跳下去，自杀身亡。

因为无法接受这个事实，他开始逆行，向着以前忽略的方向走去。

"心路，各位，不论能陪伴家人多久，重要的是我们每个人如何走一条心路。"

这是那位催眠师对他自己陈词的总结。

一个素昧平生的人这么坦白地剖析自己的秘密是很容易赢得信任的。

况且，在那样的情境中，似乎除了信任，也别无选择。

在黎浩然开始跟随催眠师的引导回答问题的时候，我就认出了他的声音，只是我不敢相信"狭路相逢"这四个字在我们之间竟然可以如此执着。

接下来，他治疗前后的分享，简直像是专门给我预备的向我揭示谜底的环节。

我从他的分享中，才知道他小时候经常被霸凌，我出现那次的现场，是他第一次尝试反击。

中学的那一场失火之后他辍学，也许是心理压力太大，他连续复读了五年才终于考上大学，而那个后来嫁给人民音乐家的女同学，是他最后一年复读时的同学，是他真正意义的初恋。

也是在黎浩然叙述细节的时候我才知道，我从六楼跳下去之前的几分钟，他正要自杀。

也就是说，那一次我们碰面之前，他的刀片都已经横在了手腕上，距离动脉仅十毫米之遥，正命悬一线，我从天而降。

他讲的所有事都跟我无关，但每件事我都在事发现场。

我无法对这么多的巧合无动于衷，因而决心在翌日的分享中把所有这些我认为的"奇遇"当众讲出来。如果那次课程的核心是"心路"，那么黎浩然确实是我沿途无数次遇上的"稻草人"——不能说他不存在，可是，又怎么论证他的存在？

当晚，就在我辗转难眠在心底组织语言导致失眠的午夜，忽然听到楼道里传来剧烈的争吵声。

争吵的双方一边是声调高亢的咒骂，一边是企图息事宁人的低声喝止。不久，这一高一低的争吵经主办方的介入渐渐消失在走廊尽头。

我本来没有太在意，课程第一天就有学员表现出了突发的情绪激动。

课程导师解释说忽然有人情绪激动都是正常反应。

"就好像你从生下来就没有洗过脸，脸上的泥垢积少成多，已经形成硬壳，猛然一洗，自己看到自己原本一直拥有的白皙，都会吓一跳。"

所以，我在听到楼道的争吵时，以为又是哪个"发现自己原本的白皙"的同学。

想不到过了没多久，楼道里再次传来争吵和脚步声，接着一位助教挨个敲门，通知人家紧急集合。

等一伙人睡眼惺忪地到了教室，导师宣布说，由于一些特殊情况的发生，这个课程必须临时结束。

他把原因简单地解释成了"无常"，然后花了很多口舌给大家解释退款问题。

我在人群中没有找到黎浩然。

回到房间，听室友八卦说刚才楼道里争吵的一男一女是导致课程半途而废的原因。

室友说："那女的跟另一个学员暧昧，没跟家里说清楚，就两个人一起来上的课。不知道怎么让她丈夫发现了，人家当然不乐意了。那女人的丈夫好像还有点什么背景，结果报警了，说这个课程证照不齐，且超过人数了，属于非法集会。唉，一个家庭内部矛盾，让一群人陪着功亏一篑。"

我在黑暗中哑然。

对我来说，"和黎浩然见面就引发事端，然后两个人被迫快速再度成为陌路"已经像是一个固定程序的"宿命"。

那并不是我在自杀之后第一次跟黎浩然重逢。

早于那次的是被我在阶梯教室默念过的二十三岁。

那年，我决心离开一屋子猫的家再次出门闯荡。

才到北京，几天之后，就在大街上碰上了黎浩然。

当天我去找我大学时的一个女同学。那位女同学现在的名字是Maggie。

当 Maggie 跟我还是同学的时候，她读的是大专。

在我退学之前，我们是同一个宿舍的室友。

Maggie 大学二年级开始跟刚进校的一个男同学恋爱，那个男生的爸爸是校务处的负责人，这就导致 Maggie 在其后每每遇到感情问题的时候都有所顾忌，生怕一场普通的两性关系延伸出影响未来的不安定元素。

她的那位年轻的男友大概没想这么多。

那是一个每天都在进行各种球类运动的精力充沛的大一男生。或许是精力太充沛了，我离开学校前的那个学期，我们宿舍不同的女同学在短短一学期之内陪同 Maggie 去做了三次人工流产手术。

在她进行最后一次流产手术的时候，我已经因抑郁症被父母接回了故乡。

后来听同学说，有整整一个月，Maggie 都一直持续出血。

Maggie 的小男友没有见识过这么血腥的场面，不知怎么处理，只好回避不见。

Maggie 无奈之下去找她男友的父亲，也就是那位我们的校务处负责人。据说那位负责人把 Maggie 教育了一通，让她自爱，从此也回避不见。

碰上这样的父子俩，Maggie 绝望了，走投无路之际，也想到了死。

有别于我的那个自杀理由的软弱无力，Maggie 的自杀理由充分多了。

后来这段历史成了 Maggie 最重要的人生经历，单是在我们的同学聚会上我就听她说了好几次，且每次都会增加不同的新细节。

这段往事又因为 Maggie 第一个丈夫的忽然离世演变成传奇，传奇一共两个部分，她丈夫离世前的部分比较有喜感，她丈夫离世后的那个部分则是一个励志故事。

"我呀，当时就想，我这辈子也没坐过什么好车，既然死都要死了，怎么也得选一辆好车撞撞。"

因而当 Maggie 未来的丈夫驾驶的那部宝蓝色的奔驰跑车飞驰而来的时候，刚在短期之内经历了三次流产的年轻的 Maggie 一见倾心，像一只等待猎物的美洲豹一样，毫不迟疑地扑了上去。

奔驰质量过硬的刹车系统和 Maggie 未来丈夫足够快的反应阻止了一场命案的发生。

当他们俩隔着车窗惊愕地瞪着对方时，开车的男人惊讶地叫道：

"大明明？"

"大明明"是 Maggie 小时候在老家的名字。

那位两个月之后就赢取了 Maggie 的霍先生是她的同乡。

据说早在 Maggie 还是六岁"大明明"的时候，霍先生就立志要娶她，后来，比 Maggie 大六岁的霍先生成为中国改革开放之后的第一批创业者。胆识和野心促使霍先生早于其他大部分生意人远赴各种有生意可做的国家和地区。也就是那时候，Maggie 努力考上大专到了北京，他们失散了。然而命运就是这么有原则，但凡是认真盟誓过的，命运总会安排峰回路转，不论是劫是缘。

"大明明，那，从小就是天仙。"霍先生说，他们隔车窗相遇的时候他已经是多个制药厂的厂主。

像他自己说的那样，他对大明明的爱毫不含糊，他给她的生活，必须符合他对"天仙"生活的想象。

不久，霍先生给大明明在二环边上的一个高档公寓顶层买了一套三百多平方米的公寓。在那个时代，本土商人还没有成为"有钱人"的主流，所以霍先生的大手笔让 Maggie 迅速成为我们学校最知名的女同学，很多人都艳羡她"太会死"。

Maggie 也原谅了那个害她不断被割肉的男同学。

"毕竟，我有钱之后，那么多人来跟我套近乎，他没有。"Maggie 说。

也有一定道理。

很多时候，女人对男人的"无为"都有误解，好像那代表着他们非要做什么或非要不做什么。

其实，大多数男人的"无为"就只是因为他们确实不知道要做什么而已。

那个男孩儿在 Maggie 多次流产时的逃避也未见得出于多不道德，就像他没有像其他同学一样来攀附也不一定是因为高尚。

男人在茫然的时候就是会选择什么都不做，也什么都不说。

时间总会解决一切问题。

如果时间解决不了问题，时间也会令问题变质。

时间就是这样在一个阶段里解决了 Maggie 的问题。

她做回了大明明，过了一段有钱且被宠爱的快乐生活。

不过那段快乐的时光仅仅是 Maggie 传奇故事的开始。

实行同居之后不久，养尊处优闲来无事的大明明一时兴起去学了烹饪。

因为当时北京的地产还在顺应市场崇洋媚外，所以霍先生买的那个公寓厨房只有支持西厨的那种小功率排风系统。

霍先生爱大明明心切，找工人来换了个大功率的换风机，积极欢迎大明明在家做饭。

不久之后的一天，这两位贤伉俪在家开火。

大明明一显身手，大费周章炖了个佛跳墙。

命运在佛跳墙就要出锅的时候忽然又冒了出来。

大明明去餐厅摆盘，霍先生走到灶头前对着那一锅汤汤水水凑鼻子一闻。

就在他脸上刚绽放出满足的笑容刚要赞美大明明的时候，那个后装的换风机忽然掉了下来。

霍先生的面部被换风机溅起的佛跳墙烫伤。霍先生一声惨叫两只手赶紧护着脸，那机器一不做二不休又掉下来砸中了霍先生的两个脚趾。

这还不是最糟糕的发生。

当天大明明陪同霍先生去急诊，在治疗烫伤例行检查的时候，查出了霍先生血液指数的异常。

命运在设计这个桥段的时候毫不吝惜它残忍的一面。

在又换了几家医院见了数个专家之后，霍先生被确诊为淋巴癌，已经是四期。

尽管霍先生发家致富靠的是卖药，但并没有偏方药材能延长他才到手的幸福生活。

半年之后，大明明成了寡妇。

霍先生在不长的有生之年，极尽仁义之能事，为避免自己身后财产会引起不必要的争议，他趁有力气赶紧明媒正娶了大明明，并立下遗嘱，为这个他从少年时代就爱慕的女性打下了后半生的坚实的财务基础。

丧偶的大明明正式成了 Maggie。

作为一个富有的年轻单身女性，Maggie 在之后的感情选择具备了忠于自己的能力。

在我准备投奔她的时候，她正跟一个在中国从事媒体工作的美国人交往。

Maggie 那时候已经搬离了东二环那个霍先生买给她的公寓，另外又置了一处位于芳草地附近的房产，跟那个美国人同居。

那天去她家之前，是 Maggie 主动说，我可以把平时画的漫画带给她美国男友看看，说不定有可能推荐我在他供职的媒体接一些自由撰稿的工作。

"外国人更容易喜欢这些不着四六的东西。"她结论说。

那时候 Maggie 已经以久经沧桑自居，对谁都懒得客气。

我急于就业，只能忽略她的评价。

那天，我把我自己比较满意的一些画作做成了一个册子，我整理得非常用心，剪贴精致，逻辑清晰。希望那些耗费了我大部分青春时光的画，能在经过有限的包装之后获得他人的赏识。

我带着我的画册按约定的时间去了 Maggie 家，就在公车开到友谊商店那个路口时，交通忽然出现了不正常的堵塞。

在那个机动车数量还相当有限的年代，很少会有交通不顺畅的时候。

我在公共汽车里枯等了十几分钟，司机通知说，前面有游行队伍经过，临时限制车辆通过，如果着急的话也可以选择下车步行。

我跟着大伙儿一起下了车，朝芳草地的方向走去，快到芳草地小学的时候听见了示威的人群喊口号的声音。

围观的行人们都自律地配合着警察的安排，我按捺不住好奇，挤到了最前排。

不久之后，我的面前就出现了一组游行的人群。

那是我人生第一次现场看到游行。

尽管负责维持秩序的警察象征性地划分围观者和游行者，两组人群之间并没有任何具体的实物作为分界。

然而，川流在我们面前的游行队伍仿佛生活在跟我平行的另一个空间中，他们的激愤和热烈看起来像是出现在梦境中一样既真实又不经琢磨。

我一时忘了自己正在谋生，被面前人群的情绪点燃了什么似的心底忽然生出一些躁动。

就在我的一只脚已经从围观的位置迈向游行的人群时，我再次，清楚地看到了黎浩然。

他在队伍里跟着节奏振臂呼喊，经过我的时候，转头看了我一眼。他的眼中有着一种知行合一的坚定感。然而，在转头的时候，仿佛又有什么对俗世的牵绊，那样子，让我想起《滚滚红尘》。

在那部电影中，秦汉扮演的角色，在被搜查的时候，隔着人群向林青霞扮演的角色有过一段无声的表白。

那是我最爱的电影画面之一。

因为回忆，时间在我面前慢下来。

黎浩然的声音和样子都瞬间被虚化了似的，仿佛这次路过，足足路过了一个时辰。

我在时间就要回归正轨的瞬间醒过来，不知被什么动力驱动，远远跟在他后面混进了游行队伍。

在那一刻，我并不知道那场游行在表达什么样的主张。

我像中了什么咒语一样，只是觉得我应该要跟在黎浩然后面。尽管我也不知道，就算是追到他面前，我究竟能说些什么。

等我像醒过来一样赶到 Maggie 家的时候，已经比约定的时间迟了一个小时。

Maggie 和她男朋友 Mark 对我突然去参加游行评价不一。他们对游行本身的评价也完全不一致。

Maggie 认为，大部分去游行的人像我一样，根本没搞清楚状况，就是一时兴起。

"给他们足够的钱和爱情，你看谁还去游行？"她不屑道。

以 Maggie 当时的经历，她说这种话的确是持之有故。

她的表情和语气，特别像我想象中的宋美龄，当有人向她汇报说共产党人无贪腐的时候，这位时任第一夫人说："那是他们还没见到过钱。"

Maggie 是我认识的人里面第一个真正"见过钱"的人，所以我对她站在自己那个制高点的发言，提不出任何异议。

倒是她的男朋友 Mark，对这场游行在北京的合法化大加赞赏，尽管那是一场反美游行，但作为一个美国人，Mark 倒觉得这场游行本身意味着进步。

"'我可以不同意你的观点，但我誓死捍卫你说话的权利！'"美国民主党人士 Mark 引用了伏尔泰的名言。

Maggie 对政治既不懂也不感兴趣，但她正处于财大气粗的膨胀期，就见不得别人跟她持不同观点。

两个人各不相让，眼看谈话气氛陷入僵局，最后还是 Mark 做出让步，换了一个话题转向我说："不如我们先看看你的画，怎么样？"

他说完这句话，我才发现，那本我精心准备的、集结了我许多年心力的画册，不见了。

回想这个情景时，我对自己什么时候遗失了画作非常不解。

那原本是我手上唯一抱着的东西。从什么时候，它被一个写着

"打倒美帝国主义"的标语牌取代了?

我不记得了。

可是,我怎么可以不记得?那个画册基本上是当时在这个世界上除了我自己之外唯一真正属于我的东西。

而我这么轻易地就把它遗失了。

和我的画册一起消失的还有黎浩然。

我在结束游行之前没有再看到他。

有好多年我都怀疑那不过是幻象。

好像这么一个节外生枝的事件,只是为了让我刚开始的北漂生活更加艰难。

那一次我没能在 Mark 那儿找到工作机会。尽管他支持那次游行,但我的"迟到"和弄丢自己的作品让他打消了给我兼职的念头。

那之后我跟 Maggie 也很少有交集,毕竟从那个时候起,我们就不再属于一个"阶级"。

人跟人之间最稳定的关系是"供需关系",而我跟我的母校和同学们之间,已跳出这个关系因而不具有再见的必要。

我跟黎浩然也始终在这个关系之外,但,终究是命运对我们戏弄得不过瘾,我们还是会无端地碰上再无端地失散。

六.

　　自心理课程班那次一别，有那么几年，黎浩然几乎完全从我的人生中消失了。

　　经过几年努力，加上时运，我成了一个小有名气的漫画师，因为我的漫画的主角人人君和都酱渐渐有了一些拥趸，我也终于靠画画就能养活自己了。

　　有那么一阵子，我甚至相信我已经拥有了幸福。

　　除了我和我自己画出来的生物，我的人生中还出现了一个重要的人物何先生，他一度成了我的丈夫。

　　何先生是一个周刊的编辑主任，我们认识缘于他手下的编辑跟我约稿，见过几次面之后，我们就成了男女朋友。

　　在认识何先生之前，除了小混混，我另外只谈过一段恋爱。那是在大学休学回家之后，跟我妈以前工作的那个医院的一个实习医生。

　　认识那个医生是在我的抑郁症基本痊愈的阶段。

那时候，在家吃饭和外出见人都不再是特别大的问题，我妈就差遣我帮家里做点家务。

有一天我去我妈之前上班的医院领过节发的花生油。

我妈记错了时间，我到早了，又懒得再跑一趟，就在住院部外面的院子里找了个长椅坐在那儿看书。

那位医生路过的时候问我为什么不穿病员服，我抬眼回答说："我不是你们这儿的病人。"

后来他说，他不是路过，是在楼上看了我一阵子，特地下楼搭讪的。

"你的回答太有意思了。"他说。

"有什么意思？"我问。

"你说不是我们这儿的病人，好像意思是说，你是别处的病人，哈哈哈。"他笑说。

"因为我本来就是'病人'啊。"我心想，这句没说出口。

那天我在看李泽厚的《美学四讲》。

也许对于理科生来说，任何看似跟艺术相关的内容都显得特别奥妙吧，他问了我书的内容，我简短但认真地回答了。

他帮我拿花生油，我接受了他的帮忙。

鉴于学生时代被代培生追求留下来的阴影，我对大夫的示好没有做任何回应和期待。

然而，我忽略了我当时的环境。

没过多久，我和大夫就因为我妈和她前同事的积极参与而正式成了恋人关系。

不得不承认，有时候"传统"就是自带一种简单的力量和目的明确的威严。

我闲着。

又不是那么喜欢总待在家里。

和大夫交往是个不错的消遣。

幸好在头三四个月他的确对跟艺术相关的话题很有兴趣，才让我们的交往不至于太无趣。

但，终究还是无趣的。

大夫最大的志向是对剖腹产的伤口进行更完美的缝合。

等他对我了解的那堆艺术领域的常识失去兴趣的时候，我开始听他讲他读医学院和在医院实习的经历。

那些内容，怎么说呢，如果我再继续听下去的话，我处于初愈状态的抑郁症，应该就会复发了。

或许他真的是一个本性非常老实的人，如他自己所说，他这辈子做的浪漫的事情的巅峰就是鼓足勇气在住院部查房查到一半的时候跑下来跟我搭讪。

他用他日后跟我不长的交往佐证了他的诚实。

他连试图亲昵都笨拙到接近"变态"。

在一个我自己心里盘算着两个人差不多要走向下一步的晚上。

那天看完电影之后，大夫说要回医院值班，并且邀请我陪他同往。

我欣然接受。

那是我从小就非常习惯的环境，所以我并没有感到任何不自在。

大夫带我到他值班的诊室，聊了两句当晚的电影做铺垫之后，他开始跟我讲他做手术的经历。

"你知道如果手术时间太长不能上厕所怎么办吗?"大夫问。

"不知道。"我回答,心里想的是另一句:"难道你忘了我是医务人员家属吗?"

"实在不行,就让护士帮忙。"他说,说完眼睛里闪动了几下异样的小光点。

"哦。"我回答。

"那你想不想试试?"大夫鼓足勇气说。

我盯着他看了一分钟。

未置可否。

他被我看紧张了,顺手拿起桌上的听诊器摆弄起来。

我对他说:"我想回北京。"

大夫对着听诊器点了点头说:"好。"

说完他的厚实的肩膀好像放松了一下。

不知道为什么,那一瞬间我忽然对他产生出一丝额外的感情,那是一丝在我们一起吃饭、说话、看电影、他帮我家做家务的时候都没产生过的感情。

那感情好像一个"灵感"一样,无缘无故地就掉在我面前的空中。

我对它的珍惜甚至大过了对那几个月实打实的见面的珍惜。

我内心深处那个被我自己掩藏了很久的"酷"的部分从心的缝隙里挤了出来。

就这样,我走到他面前,拿起他正在把玩听诊器的手,把它送进了自己的衬衫里,送到最里层,看着大夫的眼睛对他说:"我们别玩儿接尿了，我们玩儿看病。"

说完我把他的手留在我的衬衫里面，自己伸手到背后解开文胸的搭扣，继续看着他，慢慢移动身体，像一个母亲晃动怀中的婴儿一样用我的胸部主动摩挲、抚慰着他冰凉的、怯生生的小手。

大夫的手真凉，简直比听诊器还凉。

不久后我再次去北京。

大夫和我没有蓄意保持联络。

之后每年过年的时候我妈都会跟我更新大夫的近况。

他结婚、升职、生子、又升职。

连"收红包被人举报"在我妈的转述里都成了值得夸奖的优点。

我对他的唯一印象就是他的手冰凉而怯懦，硬要想起，也是一阵令人怜惜的寒战。

2014 年，我发现我的丈夫何先生出轨了。

2014 年最后一天，他跟我撒了谎之后去跟他的婚外女友约会。

我没费什么周折就调查出了他们的约会地点。

在换了无数套衣服，到久光百货的化妆品柜台约了专业化妆师给我化了妆之后，我打算盛装去捉奸。

在奔赴目的地的路上，出租车里的一档节目中传出一个久违了的我熟悉的声音。

那声音来自黎浩然。

我发现我依旧对他的声音如此熟悉。我依旧对迷恋他声音的那种迷恋如此熟悉。

黎浩然的声音动人极了，那不是单纯的音色优美，而是他特别的发声方式。他的吐字有种听得出呵护的气声，仿佛他怕惊扰了谁似的，又仿佛他发出的声音根源里有隐形的牵引，他能自如地投放它们到他希望到达的地方。

同时，他说出的每一个字又都是确定的、铿锵的，没有含糊，没有闪躲，仿佛对谁承诺一般透着温柔的正直。那些娓娓道来营造出的信赖氛围，简直像被一个正相爱的人拥抱时的耳语。

作为夜间主持人，黎浩然不辱使命，可以随时在幅度不大的音量中让呵护和确定同时存在，好像金庸笔下的武林高手，在那些需要拯救众生的夜色中一展身手。

因为所有力道都是由心而发的，所有外化的招式都把"斗"化成了"舞"，并且由于它们都对应着招式之外的真理，那些动作就有了灵魂。

黎浩然就是这样出神入化地用他的声音，让我在不见他多年之后，依然轻易被他牵引。

他在节目中广告说一个小时之后他有一个小型的现场读诗会。

他公布的那个地点刚好和我前往捉奸的目的地在同一个方向。

我一时兴起，改了主意，想在腥风血雨之前，先静静地听个朗诵。

我去了那个会场，坐在最后一排，远远地，再一次，见到了黎浩然。

一切忽然都变得好安静。

环境很安静，我的内心也变得很安静。

仿佛一瞬间，这个世界，就只有回忆和诗歌。

我想起小时候读过的一篇关于三毛的文章，说荷西过世之后，他生前的婚外情女友来参加悼念仪式，三毛和她相拥而泣。

我不记得在我读过的三毛写她和荷西的婚姻生活的文章中有任何关于荷西婚外情的记述。

但我在那一刻完全能理解一个婚姻中的女性为什么可以假装无视一些发生。

因为任何重建都意味着要先摧毁。

对于这样一个浩大的工程，我其实并没有做好足够的准备。

那是唯一的一次，我主动地离开了黎浩然的现场。

跟他的重逢让我有机会重新审视自己的遭遇，如果三毛那样的女人也要经历被命运横刀夺爱，如果"不幸"就是人世间成人生活的常态，我又有什么资格要求自己拥有更多？

在静静听完黎浩然读诗之后，我步行回家。

到家之后，我听说了外滩的踩踏事件，诚实地说，有那么几秒钟，我冒出了不可告人的恶念，希望，在受伤的人中，有何先生和他的女朋友。

我为我有这样的念头不安。

不是对他们的不安，是对我自己的不安。

人啊，任何时候，都不要因为任何发生，变成被自己唾弃的人。

还好那两个人没事。

新年，我趁百废待兴，赶忙去离了婚，接着就从上海搬回北京。

那个春夏交际，一个潮牌用人人君做了一个系列的 T 恤，莫名卖得很好。因此我的漫画也跟着莫名值钱了起来。

我听从我的编辑的意见，从不以我自己的真面目出现在任何采访或自媒体中。这也为我日后跟黎浩然奇特的交集打下了重要的基础。

那年年底的时候，我的漫画获了一个出版界的重要奖项，颁奖礼上获得的奖项是编辑代领的，我在活动前指明要黎浩然当颁奖人。

他已是知名的电台主持，对于这样的邀约也没有太多诧异。

他并不知道，在我，那个颁奖的意义呼应着将近十年前我们在芳草地游行时的见面：他导致我弄丢了一本画册，也是他导致我获得了几个重要的灵感，因此才能一幅一幅地画回了一本画册。

我希望从黎浩然手里接过关于人人君和都酱的奖项。

因为，某种意义上说，黎浩然就是"都酱"生命中不可或缺的那个凡事懵懂又凡事聪明的"人人君"。

在那次颁奖礼之后，我跟黎浩然成了"笔友"。

我们经常通信，用最原始的方式，手写，贴邮票，邮寄。

我写给他的信寄到电台，他写给我的信寄到我的工作室。

我们以蓄意缓慢的频率分享自己创作的心得，有好几次，我都被等待本身感动了。

有次黎浩然在给我的信的末尾问我说："你说，我们会见面吗？"

我隔了两天才回信道：

"不知道，也许，没有期待才是最好的安住。"

这种略微加一点佛教哲学的词汇特别容易在表面上俘获黎浩然这种心底孤独极了的清高之辈。

果然，一周之后他在回信里说："小东西，你真奇妙。"

我接着这个话题又说：

"但愿在未知的时光里，我还会更新你对'奇妙'的认识。哈哈。"我戏谑道，然后适度地引用了名人让这段话更加符合黎浩然对一个文艺系漫画师的想象："就像约翰·伯格在《观看的方式》里说的那样，我们对人世的看待，总难免拘泥于自己的经验。所以，浩然，也许摒弃经验，世界根本就会是另外的样子。"

黎浩然很快就回了信，那封信非常简短："嗯，你说得没错，也许世界根本就是另外的样子。"

之后又很久，我们又没什么征兆地，断了联络。

我在等待他来信的过程中，一天晚上，听到他在节目的结尾说，那是他在电台的最后一个工作日。

他说得轻描淡写。

我想，我懂那个轻描淡写。

除了轻描淡写，我想不出我还能对他的告别期待些什么。

在那期节目的末尾，他放了三毛作词的那首《说时依旧》。

我记得上次听到这首歌,是黎浩然自己唱的,我想起那首歌之后的一场大火,把我们隔开了好多年。

人生就是一个失去的过程。
黎浩然失去了他热爱的传统电台,我失去了听到他声音的可能。

很多事,就像很多人一样,走着走着,就走散了,没有任何征兆,不给人准备道别的心情。
命运总是会用各种面目的突如其来让每个人都觉得自己根本就是个弃儿。

我跟黎浩然的交集并没有因为他的电台和我们中断通信而结束。
但那个交集,跟我等待中的"黎浩然",以及和黎浩然通信的那个以漫画师出现的"我",又并没有任何关系。
那是在他的节目停播了两个月之后,偶然的一次,我在经常去的一个打碟的地下酒吧遇上了黎浩然。
那是一个极小众的小酒吧。
在一个商铺的地下。有差不多一年的时间,每个周四晚上十二点之后,我都会去那儿打碟。
那个酒吧的主人是个成功的律师。开这间酒吧就是为了满足他自己不为人知的另一面。
去那儿的人就是喝酒和打碟。
没有人在那儿交谈,甚至也没有人在那儿交朋友,大家约定俗成,仿佛只有缄默才匹配那个隐秘的时空。似乎所有在那个地下默不作声把自己放置于密密麻麻的音乐节奏中的，都是每个人只肯对自己公开的"另一面"。

空气中有时候会弥散着奇怪的烟草味道，因为没有人交流，所以也没有谁追究。

我喜欢那个店的氛围，谁跟谁都没有交集，不交集就不会存在拖欠的负担。大家轮流当 DJ，没轮到自己的时候，就喝着酒随着音乐些微地扭动自己的身体，那种适度的虚幻，好像进入了一个可以自己主导的梦境。

某个周四，午夜，我在 DJ 台上偶尔一抬眼，看到黎浩然走进来。

我有点心跳加速，为了配合自己，我开始在手上加入一些比较重的音乐元素，并且穿过灯光和其他人的剪影看他。

两首舞曲之后，节奏已经热烈到接近沸点，低音敲击着心房，带动心跳的速度，传递出张扬的邀约。黎浩然也看我，并用身体幅度不大但节奏准确的律动回应了我在音乐里不断加强的元素。

珍惜这东西，只存在于互相懂得的人之间。

离开的时候，我想，如果我们还会见面，如果我们再见之后都没有任何意外发生，我就要为我跟黎浩然之间做些什么。

感谢命运额外开恩，那天和之后的四个周四没有任何意外发生。

等到第五个周四，黎浩然再次出现了。

我对自己下了一个决心，在打了两轮碟喝了无数杯酒之后，起身离开。

路过黎浩然的时候，我回头看了他一眼。

在跟他对视的那几秒钟里，我没有任何犹疑地向他传达了我的决心。

走出酒吧之后，我在门口的路灯下停下来，从包里拿出一支烟。

如我所料，黎浩然跟在我后面走出来。看到我拿烟，他走过来，帮我点燃，我低头靠近他手中的打火机，烟在我的左手，我用右手的无名指搭在他手背上，等烟点燃，我用那根搭着他的手指轻轻敲了敲他的手背以示感谢。

他回身也给自己点了一支烟。

我们站在原地抽烟，他用烟找了找风吹过来的方向，然后无声地试图用身体挡着风。等抽完烟，我就跟他回了他的家。

那之后，每个周四我们都会见面。

打碟、喝酒、在门口抽烟，然后我跟他回家。

自始至终，我们都保持着没有任何交谈，去了他家之后，他也不会开灯。

在他跟作为漫画师的我通信的时候，他向我描述过他的住处。

他住的那一层窗外有一个商铺的霓虹灯，所以他总是会在出门之前故意打开窗帘。

"想象自己在《花样年华》的年代。"他说。

他形容得很准确。

只不过那个身为漫画师的我并不知道，他描述的房间被那个艳俗的霓虹灯映衬成一个非常适合做爱的现场。

而我们把那个现场用到了极致。

我们两个人，放任得像两具畜生，恨不能把自己刻进对方身体一样奋不顾身。

好几次，在互相热烈冲撞摩擦之后，我都忍不住想脱口而出，说："走，不如我们去死，好不好？"

我没说。

不是怕他被这句话吓着，而是怕他说："好"。

在我没想好下一步之前，这句最诗意的真心话，还是不要轻易说出口的好。

再次从那个亮着霓虹的房间走出来之后，我会戴上耳机听手机里收藏的黎浩然过往的节目。

好像一个我要跟另一个我分享最隐秘的感受。

他的声音是那么的动人，动人到我无法想象，这个声音来自那副被窗外霓虹灯衬托的、我越来越熟悉的性感的肉身。

那个阶段我的画风开始发生变化，人人君和都酱成了两个制造重口味的卡通人物。

我因此失去了一些读者又增加了一些读者。

对于所有去留，我业已变得坦然。

世界上哪有那么多乏味的纯情。

世界上哪一出真正的爱恨不是复杂而多重的。

就这样过了一阵子。

忽然有一天，我收到黎浩然寄往工作室的信。

在信里他问我"你都好吗？"说自己"我还好"，还说"最近经历了一些不一样的发生"，他并没有说发生了什么，在信的末尾，他说他"恐怕要离开一阵子"。

我没有给他回信。

到了那个周四，我们见面，打碟，之后去了他家，如我的另一个角色半年之前在信中承诺的一样，我用身体和欲望努力翻新了我和黎浩然之间的尺度。

到了迸发之后，他好像实在按捺不住似的看着我，嘴唇动了动。

我用右手食指按住他的嘴唇，在他几乎要说话之前，我赶紧用我的唇舌覆上去，扫荡他的唇舌，仿佛想要把刚才未启口的话语，用嘴里的余温交织在一起，藏起来。

那是我们第一次接吻，我知道，那也必将是最后一次。

我非常珍惜，在吞噬和被吞噬的当刻，像那年割破掌心好让他的血永久地留在我手中一样，我以我对深情的全部想象，诚惶诚恐地和他融为一体。

我知道，从今往后，那都将是一段无法被取代的交集。

我把之前和黎浩然将近二十年的偶遇和等待，都用另外的路径彻底地对他表达了出来。

我们在身躯终于分开之后，坐在窗边无声地抽烟。

霓虹在窗外闪烁。

全世界在那一刻只有霓虹灯的电流声和烟丝燃烧成为灰烬的声音。

黎浩然侧脸的轮廓在霓虹灯映衬中像一个经过一流灯光师处理

的作品。

在我手中的那支烟快要抽完的时候，我看到他眼眶里有一颗眼泪顺着脸颊滚落下来。

纵使等待了二十年，我也从来没有期待过这样的一幅画面。

美之所以美难道不正是因为它捆绑着终将失去的残酷？

我好像忽然懂了自己之前装装文艺的说辞，的确，在终于忘记期待的相遇中，生平第一次，我真正感到了"安住"。

回家的路上，心头忽然响起那首罗大佑写给三毛的老歌《滚滚红尘》。

"起初不经意的你，和少年不经事的我，红尘中的情缘只因那生命匆匆不语的胶着。来易来去难去，数十载的人世游，分易分聚难聚，爱与恨的千古愁。"

在我早已自大地以为不再在乎纯情的时刻，从不曾放过谁的宿命就这样把一段最纯粹的纯情甩进我的生活，用黎浩然这个占据我记忆长达二十年的角色做了宿命对纯情最好的诠释。

我知道我不会再经历跟他有关的得失，因为在我们之间，得失已经被改写成属于另一个维度的约定。

这样真好，我想。

暗恋的 A/B 面

亲爱的熊猫小姐：

请原谅我这么称呼你，因为在过去的二十年中，每次想到你，和每次见到你的时候，出现在我心里的，都只有"熊猫小姐"这个名字。

你大概想不到，我认识你二十年了。

我还记得第一次见到你是在医院组织的中秋联欢会上。

我的父母带着我，你的父母带着你，并排坐在贴了"护士长"标记的那一排硬板凳上，一起看医护人员排演的节目。

那叫一个无聊啊。

不过也可能只有我觉得无聊，因为你看起来就挺高兴的。

你坐在我旁边，从头到尾边看边笑，还一直在吃。

我从开始对你不停地傻笑不停地吃有些厌烦，到后半段，简直感到被你征服了。

那时候对你有两个深刻印象，一是你真是能吃啊；还有就是，你左边的眉心有一颗朱砂痣。

没多久之后，你妈妈和我母亲分别归属的两个重要阵营之间开始了他们在医院的"政治斗争"。

最终以我母亲这一派失败告终。有一阵子我母亲很消沉，回家之后会说对立阵营一些人的坏话，其中就包括控诉你的妈妈。

少年时代，看什么都是片面的。

少年时代，看什么又都是江湖的。

所以我当时认定你妈妈是"坏人"，决心为我母亲"复仇"，在她不知情的前提下，我经常去你妈妈所在的科室偷胎盘。

最初是单纯地搞破坏，慢慢的，因为胎盘演变出的交易，我被迫卷入一些利益争夺和争夺带来的打架斗殴。

这事儿失控了。

我因为自己犯坏，成了一个利益链旋涡核心里的人，想停手会被打，赃物给了不同的帮派，还是会被打。

我的中学生涯，打那时候开始，最经常出现的画面就是被不同的人追打。

在有一次追打中，我碰上了你。（你当时又在吃。唉。哈哈。）

你知道吗熊猫小姐，在我不知道挨过多少次打的少年时代，你是唯一一个挺身而出帮我的。

结果你也被打了。

我的心情非常复杂。

有感谢，有惭愧，还有"你是女的我是男的我还牵连了你"的那种没面子。

我记得我回头看你的那个画面，你胖乎乎的小圆脸上被抹了一脸棉花糖，你的朱砂痣在那一堆糖丝后面，有点狼狈。我当时心里产生了一种我不熟悉的复杂的心疼。

自那天起，我再也没有偷过胎盘，不论因此被打成什么样。

对了，说到这儿，再补充说两句你妈妈和我母亲吧。

是命运吗，在我停止偷胎盘的几年之后，你妈妈竟然真的受到医院的责罚。我母亲在告诉我这个消息的时候，有种唇亡齿寒的沉重。

我们母子自责了好一阵，虽然你妈妈受责罚的原因跟我们一点关系都没有。

人啊，最怕动念。

我和我母亲的自责，纯粹是因为曾经动过那样的念头。

所以说，这个世界上，没有他人能真正地带来惩罚，所有真正的惩罚，都来自我们自己。

再后来，你妈妈离开医院，成了我们那个小城街知巷闻的爱猫人士。

再后来，我爸爸淋巴癌过世，我母亲陷入情绪最低落的那一阵，是你妈妈带着我母亲满世界伺候流浪猫，帮我母亲度过了最艰难的丧偶阶段。

你妈妈对之前我母亲的记恨和我去她科室偷胎盘的事儿完全不知情。

正因为这样，我母亲更愧疚了。

她们俩成了一对老闺密。

世事无常啊，有时候也有可笑且可爱的那种无常。

我母亲跟我念叨过好几次，说不论什么时候，你们家有什么事儿，我们能帮上忙的，都要不计代价地帮忙。

我们母子能力有限，唯一一次试图帮忙的，就是你从大学休学那年。

整个医院都在传说你得抑郁症的流言。

大部分的人说起别人的苦难，都多少带着点事不关己的轻佻，这也是人之常态。

我在我母亲的敦促之下，安排了一个世伯的儿子跟你做朋友。

他也是医生世家，那年刚毕业在医院实习。

我们的本意是让他起个陪伴的作用。

没过多久，他跟我坦承说他喜欢上你了。

我形容不出当时的感受。

又没过多久，听说你回北京了。我才好像松了口气。

到现在我也还是理不清，那是一种什么样的感受。

在那之前，我其实还见过你两次。

一次是上高中的时候，我在学校学生会组织过一次纪念三毛的活动。

自打不再偷胎盘起，为了避免出门生事，我就在家待着，最初是看录像。

说来好笑，有一回，我爸出差我妈值班，我偷偷摸摸租了黄色录像带，叫了几个男同学在家打算"娱乐娱乐"。那个岁数的男孩子嘛，这都是难免的。

谁知道，看到一半，忽然我舅舅破门而入。

好嘛，我这好不容易不被外人打了，又被我舅舅跟我爸分别暴揍了一顿。

家里的录像机也被我妈锁起来了。

我没辙了。看书吧。

先是看了好多武侠小说，看得快看吐了。

在书摊上随手抄了一本三毛。

结果一发不可收拾。

喜欢看三毛这种爱好，放在今天，要说也挺娘的。不过必须承认，就是因为那几年看三毛，我后来才成了一个有自己说话风格的电台主持人。

说远了。

那年，知道三毛自杀，我挺难受的。

搞了那么个活动，其实是为了安慰自己。

那天活动上，我正特紧张地背词儿呢，抬头一看，这不是我小时候认识的那个朱砂痣小胖子嘛。

我背不下去了，结果是照着念的。

本来打算活动结束之后找你聊聊。

谁知道又着火了。

我后来辍学了。

大概是出于男孩子的自尊吧，我不知道，如果我回学校，按校方的要求公开致歉，我可怎么面对你啊。

咱俩一共就见过那么几次，一次我挨打，一次失火，如果再加上在你面前给全校人道歉，也太悲催了。

说起来，咱俩之间算是有些说不清的孽缘。我逃过了在你面前给别人道歉的一劫，可是我终于还是没能逃过在你面前被人斥责的更糟的发生。

你恐怕对不上号了。

话说当年。

我二十郎当岁，爱上了一个姑娘，爱到五脊六兽，谁知道那个姑娘又爱上了别人。

我走投无路，去她宿舍割腕。

你是怎么搞的？忽然就出现在窗户外了。

我割腕没割成。

要说你也太淘气了，你说你一个女孩子家，登高爬低的，你是怎么爬到那上头去的？

哦，对了，你瘦了，要不是朱砂痣，我差点没认出你来。

我也知道，你听见那个姑娘呲儿我了。

这很没面子。

即使你一脸蒙圈，我知道对你来说我只是路人甲。

唉。

再后来，我听我母亲说你当了画家。

真为你高兴。

有几次，我还想过要不要去找你。

我还用我的小号在你微博上给你留过言。

你没回复。

也是，就算联系上了，说什么呢？

何况你已经是知名的漫画家了。

你不缺拥趸。

我呢，从大学毕业之后进了一个专门做电台节目的制作公司，当上了夜间节目主持人，一干就是十几年。

我挺爱这一行的。

传统电台从前几年开始萎缩。

我所在的那家制作公司转向干别的了。

我不太适应随便在自媒体上用声音干别的。

就是这样吧，我算是失业了。

人生最低谷的时候，我又遇见了你。

我在当电台主持人的时候，认识了一票从事"第二职业"的人，他们表面上都是高级白领，有做传媒的，当律师的，搞投资的。

私底下，这些人都有一门不为人知的"手艺"，有的玩儿爵士，有的是特别厉害的舞者，有的写网络小说，还有喜欢打碟的。

我跟着这几个死党，玩儿了一圈儿。

最意外的收获是，在打碟的地方跟你重逢。

怎么说呢，我亲爱的熊猫小姐。

接下来我们之间的发生，并不在我的"规划"之内。

而它又是那么地自然而然。

再一次，我无法形容我的感受。

有很多次，我问我自己，我应该如何定义我跟你的关系呢？

我们是情人吗？诚实地说，我可以接受一夜情，但我不接受情人这种关系。

我们是朋友吗？也不太像，我们甚至都没有过对话。

我们是故知吗？如果我是这么认为的，我要怎么样跟你说起过去二十年的发生？

毕竟，我只是你凭着率性和感觉偶遇然后接受的陌生人。

因为不知道说什么，最终的结果就是什么都没说。

我唯一能确定的，也是我唯一能告诉你的是，我对跟你之间所有的发生，都有一种我描述不清的珍惜。

每次你离开我家的时候，我都会躲在窗帘背后看着你走远，好像我有一部分心血被你带走了。我要等着你回来，把它们带回来，我才是完整的。

你好像我的《2046》，你不回来，记忆也不会回来。

我也不能欺骗你说我对你是爱情。

因为，关于爱情，我从来也没有过答案。

在徘徊于不知是否要陷落于跟你的未名的关系时，好在，我被生计推动，要做另外的安排，离开一阵子，也离开我人近中年的迷惘。

在获知要结束电台工作的时候，我就为未来做了一些筹备。出于对声音塑造的迷恋和热爱，我计划去英国学戏剧。

这个筹备在两个月之前完全落实了。

准备行程的时候，回首这匆匆草草的三十多年的人生，我似乎没有什么特别牵绊的，也似乎没有谁在特别牵绊我。

这是运气或失败，我不知道。

作为一个非常看重告别的人。

我对接下来这个阶段需要安置的人和事都做了各种无愧于心的安排。

唯独对你。

我拿捏不好分寸。

这真是个难题。

然而，我又不能允许不辞而别在我们之间发生，所以写下以上的内容。

如果存在惊扰，请你原谅；如果存在冒犯，请你原谅；如果存在遗憾，请你原谅。

因为你，我拥有了这样一段不论冠之以什么说辞都无法被取代的时光。

也希望那些被我强行唤起的记忆，对你而言，不算是糟糕的蹉跎。

谢谢你，我亲爱的熊猫小姐。

我的人生，若干次回首，画面中有你的朱砂痣，和你忽胖忽瘦的面庞。

想到这些画面，忍不住微笑，忍不住心酸。

我说不清。

那就不说了吧。

我记得少年时代我喜欢过的一首三毛填词的歌《说时依旧》中的一句：重逢无意中，相对心如麻。

如果把它翻译成英文诗句，大概最符合意境的，就是拜伦的那首 *When we two parted*（《当我们分别》）：

> If I should meet thee
>
> After long years
>
> How should I greet thee
>
> With silence and tears
>
> 如果我们再相逢
>
> 时隔经年
>
> 我将以何贺你
>
> 以眼泪，以沉默

可惜我是俗气之人，对于此情此景，既无眼泪也不懂沉默。

那么就，颔首合十，珍重再见。

黎浩然

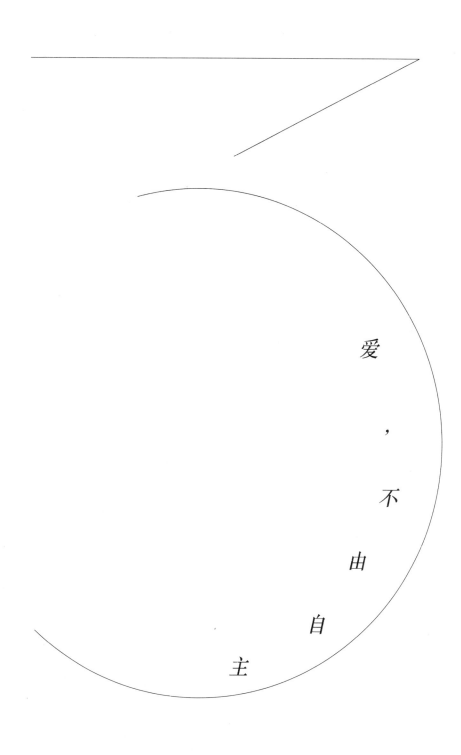

爱，不由自主

一

临下班，负责项目开发的小榕给我推荐了一部日剧，《东京女子图鉴》。

小榕说，姐，我们完全可以照着这个路子拍一部《北京女子图鉴》。

小榕进来之前，我刚送走一个作家。

原本我看上那个作家的一个长篇小说，想买她的版权改成电影。

那本小说综合品相还不赖，故事、人物都立得住，是我从项目组给我推荐的几十本小说里选出来的三本之一。

只不过所谓"IP 价值"略微差一点。

尽管一年十几万册的销量，在图书界算畅销，但远不到可以带动票房的"现象级"。

加上内容方面，虽然是市场长期买账的都市情感类型，但作者自己并没有总结出一句话就能让人眼前一亮的"高概念"。

所以，其实是介于可买可不买之间的那种原创。

我约了那位作者，原本想听她聊聊她当时写这个小说的冲动是什么，看有没有可能从她的初衷里挖找出一两个一听就觉得戳心、能做出广泛共鸣的关键情感点当作剧本创作的核心。

谁知，那位作者还以为我约她是为了砍价，因此态度骄矜地跟我说了一通写作的不容易。

"李总，就我这点版权费，还不够你们请一个一线演员的零头呢。我一个码字的，最不在意钱，但也最不愿意跟人谈钱。"

女作家说。

这话说得也没错。

但，即使是对的话，也需要对的角色说。

女作家没搞清自己角色设置的陈词，打消了我买她的版权的念头。

所有自诩"不在意钱"的人都不是真的不在意钱。

况且我并没有在跟她谈钱，我只是想开发出直指人心的"爆款"。

那段时间公司急需出几个"爆款"。

我所在的是一家影视制作公司，马上又要获得一个基金的巨额投资，大家都很亢奋。

我亢奋不起来。

钱在那儿，内容在哪儿呢？

一个影视公司，又不是做快消品的，哪那么容易编故事画饼靠人口红利分一杯羹？

"内容"是这个产业链最薄弱的环节，再怎么用金融手段，再怎么互联网思维，再有人工智能，也不可能代替创作。

人和上帝之间，在我们的行业，也就这点差别了。

我在为选题荒发愁，《东京女子图鉴》出现在眼前。

小榕说："我觉得这个剧可以参考，跟东野圭吾①、宫部美雪②的小说不一样，驾驭起来没那么高难度。这个剧提供的是个思路，咱们找几个小编剧按这个框架弄一个就行，根本不用买版权。如果效果好还可以做成系列：《北京女子图鉴》《上海女子图鉴》《深圳女子图鉴》什么的。"

小榕临走出我办公室之前，又想起什么似的扭头补了一句："姐，我觉得那个女主角特别像你。"

说完笑了笑走了。

小榕92年生人，大学还没毕业就到我这儿实习，毕业之后就一

---

① 东野圭吾，日本著名推理小说作家，代表作有《放学后》《白夜行》《嫌疑人X的献身》等。——编者注

② 宫部美雪，日本女作家，作品以推理小说、时代小说、奇幻小说为主，代表作有《龙眼》《火车》等。——编者注

直跟着我工作，在我的部门负责项目开发，这两年她推荐的项目基本上都还算靠谱，可贵的是，在跟我工作这么多年之后，这小姑娘仍然能保持对我知无不言。

我听了小榕的推荐，之后的几天，我在上厕所、刷牙、敷面膜、泡澡这些只能虚度的零散时间都在看《东京女子图鉴》。

等看完，隔天进办公室，特地把小榕叫进我办公室假装骂了一顿。

"你给我说清楚了，我哪儿像那个女主角了？啊？那个角色多讨人厌啊！表面上风轻云淡，内心欲壑难平，跟《傲骨贤妻》里那个女主角一样，明明是'心机婊'，演什么白莲花，我就讨厌这种人，凭什么这世界上什么好的都得归她？一点不如意就怨天尤人立刻全世界都欠她八百吊！"

"我不是说那个像，姐，我是觉得她那种在职场上的拼劲儿，跟你特像！"

"我怎么没看出来她职场有多拼了？倒是她抢男人的时候挺拼的，还给情人的原配打电话，人家原配还不搭理她，这下瞎了吧！臊眉耷眼的。哼！"

"姐，你不觉得很多'混出来'的北漂都像她这样吗？"

"所以你就是这么看我的是吗？我在你眼里就是那种'混出来的北漂'？嘿！我说，你对'混出来'还真是没要求啊！"

"我真不是那意思，姐，而且她穿的都特好看，跟你一样，特别有自己的审美主张！"

"呸，那是那个剧的美术和服道化特别有自己的审美主张好吗！大姐！亏你还是干这行的。"

"姐，你不是说一部好剧的第一要素就是要有代入感嘛，我这不是被代入了嘛！"

"你够了，赶紧给我要个咖啡让我消消气！"

"得嘞！"

跟小榕笑骂了一通，我重新思考是不是该做一个像《东京女子图鉴》这样的剧。

其实小榕说得没错，我跟《东京女子图鉴》里女主的经历，的确有一些相似之处。

比方说，我们都出生于小地方的普通家庭，都被梦想裹挟着，都在奋斗的路上总是职场艰辛情路坎坷，都觉得自己遇人不淑，因而一直在错过正常的人生节点。

回头想想跟命运作斗争的这些年，似乎始终在奔忙始终在遗憾，认识的人一大把至交没几个，半辈子都像打不死的小强，屡败屡战。

说到底，是一种"不安分"在作祟。

不安分的女性难免一路上要经历花式头破血流，且在世俗的标准中，这些头破血流，简直就是活该。

这大概就是我不喜欢那个女主的主要原因：我不喜欢她，因为我不喜欢透过她看到的一部分我自己。

十九岁那年，我从山东最东边的一个县级市考到北京，大学毕业后硬咬着牙没回去，用了接下来的十几年时间，从北京的北四环外，搬到了北京的东四环里。

不要以为听起来都是"四环"，在北京这样一个城市的"图鉴"中，从此四环到彼四环，就意味着生活本质的变化，起码能写出几百万字的辛酸。

可是，这些辛酸，又怎么看都像自找的。

我大学毕业之后不肯回原籍，在一家电视制作公司找了一份"节目统筹"的工作。说是"节目统筹"，其实就是什么都得干的助理。

我的工作包括但不限于帮编辑写文案、帮灯光大哥举白板、帮主持人买外卖，甚至帮前台收发快递和帮广告部的人做 PPT 等等。

一个民营公司需要的底层人员，说白了一句话，就是"眼睛里要有活儿"。

除了"眼睛里要有活儿"之外，另外更重要的是"选择适合自己的真理"。

我记得有一回我在公司加班帮编导写一篇稿子，借用了当时的一个热门句子当主题——"感谢那些折磨你的人"。

我正写得心潮澎湃，公司一位资深导播路过我身边，看到这个标题，跟我说了以下这番话。

"小艺，不要相信这种鬼话。"他说。

对了，我叫李艺。

"什么叫'感谢那些折磨你的人'？"导播老师教诲说，"这句话，根儿上的意思是'一切归功于自己'。也不是不可以。但如果你在一个团队里工作，记住了，别起这个念。任何时候，当然都要先记着帮过你的人的好。而且，人家对你好，不见得是因为你有多好，而是因为那些个帮你的人，人品比较好。为什么我们放着人品好的人不感谢，要感谢什么折磨别人的人？闹半天那些人品好的倒成了理所应该了？那以后谁还帮别人？事情不能本末倒置对不对？别说付诸行动，就是连这个念都不能起。"

这句我听进去了。

职场上大致如此，不管是当公务员还是进外企，谁不都得经历层出不穷的被欺凌和寥若晨星的贵人相助？

路走长了，一个人相信什么就更容易遇见什么。

比职场更不易的是过生活。

当时我跟公司另外两个女孩儿合租在位于北京北四环外北沙滩地区的一个不到二十平米的老旧居民楼里。

我们仨经常吵架的原因是为了抢占卫生间。

那个时候，我对美好人生最具体的憧憬就是什么时候我才能不被打扰地经历心平气和的晨便，在厕所里想待多久就待多久。

后来那家节目制作公司内部改革，我跟着其中一个创始人进了现在的影视制作公司，拜那几年当助理的经验所赐，我"眼睛里有活儿"的本领找到了用武之地，在给创办这家公司的大制片人当了快十年助理之后，借着行业的东风，我自己也成了小有成就的制片人。

小榕说得没错，以我的年龄跟"没背景的背景"，对比每年经我手花出去的钱和我能赚到的钱，我的确应当算是一个"混出来的北漂"。

公司即将又获得新一轮的投资，这个有背景的基金带来的不仅是钱，还有资源，这就意味着，我手里管的钱只可能更多，我能赚的钱也可能更多，我能对接的资源更多，我能搭建的平台也就更大。
看势头，的确有可能可以混得更好。

但，扪心自问，这就足以令人感到幸福了吗？
当然不。
快感和幸福是两回事。
一个女人有可能在职场获得快感，但一个女人不太可能因职场的获得而感到幸福。
我显然不是女权主义者，但我也不是反女权主义者。
我就是一普通女性，只能根据经验说话。
经验就是这么告诉我的：我在职场屡屡获得过快感，然而，从未感到过幸福。

那么，究竟什么能令一个女的感到幸福？

我没有太多拥有幸福的经验。

关于这个命题，市面上数量最多的答案集中在两个：完美的感情生活和成为孩子的妈。

这大概也是《东京女子图鉴》吸引我的原因——我非常理解她对"幸福"的困惑。

跟剧中女主角一样，在该遇见"平淡幸福"的年纪，我也算遇见了。

然而，不惜福没知足。

我的初恋是我小时候的邻居。

我们一起考到北京，在不同的大学读不同的专业。

在我被同学们嘲笑浓重山东口音的入学的头两年，想必他也经历了类似的排挤。

我们因此经常见面，只有跟他在一起的时候，我才能感受到那种终于不用时刻警惕自己的后鼻音的放松。

那种放松感，的确值得用一场爱情去安放。

去年去戛纳电影节，我在一个酒会上遇见了巨星巩俐。

巩俐听人介绍说我也是山东人，立刻用道地的山东口音说："我是济南的，你是哪里的？"

我本来正端着香槟假招子呢，忽然听到这么一句，简直眼泪都要掉下来了。

终究，人心里最爱的还是"真"。

一个人对待口音的态度基本上是这个人的世界观。

我当场就有了一个新的行业理想：这辈子，我一定要跟巩俐合作一次。

巩俐这个人太敞亮了。

我没那么敞亮。

至少，在我刚到北京的青春初年，没有。

我在口音练习得终于不用使劲也能顺利地说普通话之后离开了我的家乡男友。

当其他同龄人都在谈婚论嫁的时候，我陷入了跟一个已婚大叔的婚外情。

那个大叔带我离开了那个北沙滩的蜗居，结束了我需要抢厕所的生涯。

自命不凡的女的大部分都当过小三儿。

当小三儿也是高看自己的一种表现——一个人总是基于误以为自己某方面更有优势才可能孤注一掷地认为可以取代谁。

现实是在奸情败露的当天，大叔就忙不迭赶紧回家忏悔去了，

且把责任全推在我身上，像成龙一样宣称"那不过是全天下男人都
会犯的错"。

大叔消失在我怀孕之际，那是我第一次怀孕，紧张得要命，更
要命的是，接下来我必须经历第一次堕胎。

关于堕胎，我一度热爱过的美剧《欲望都市》中有这样一个
情节。

在谈论到十几年前的一次堕胎经历时，闺密问女主："经过了多
久你才真的从堕胎的伤害中走出来？"

女主低头沉吟片刻，回答："到今天，也许，我想，应该快要走
出来了吧。"

年轻的时候并不知道原来那个身心伤害会绵延那么久。

因为害怕和不想承受医护人员的过度鄙视，我试探地联络我的
初恋。

那山东男孩淳朴仗义，当即冰释前嫌，不假思索就答应陪我去
堕胎。

是日，等我脸色苍白地从手术室出来，他坐在边儿上搓着手，
不知道拿捏什么分寸安慰才符合我们的角色分配。

我们就那么又坐了几分钟，他忽然想起什么似的从兜里拿出几
颗巧克力，剥开锡纸递给我，说，你吃点儿糖补补。

过了一会儿又说，哦对了，这是我的喜糖。

多少年之后想起那个画面我都还忍不住想笑。

他当然不是蓄意报复，他没那么复杂。

那只是两种不同的人生在一个狭小的环境中不得不交集而产生出的诡异的喜剧效果。

因此，对于初恋这段，我终究是感激大于遗憾。

但对临阵脱逃的大叔，我则始终有恨。

且那个恨，随着时间的推移竟然有增无减。

前几年我做红过一个剧，给公司挣了钱，一时意气风发。

拍戏的过程，难免要应付一些需要"维持秩序"的事儿，因而就难免会认识一些"维持秩序"的人。

我来自小地方，工作又是从底层做起，本着"感谢零星帮助过你的人"这个原则，对于三教九流，没有特别的分别心。

那些能成为替他人"维持秩序"的人，自然也不是等闲之辈。

有次例行答谢，我带了俩小演员和其中一个帮我们"维持过秩序"的"大哥"吃饭。

席间去洗手间的时候，我在散座看见了那个当年丢下我临阵脱逃的大叔，正带着一家老小吃饭呢。

大概也因为喝到微醺，回到包间，我打发俩小演员先去卡拉OK候着，等闲人散了，我问那个"大哥"能不能帮我"收拾一个人"。

"这个'服务费'另算。"我特地说清楚。

"李总，钱是小问题，先说说多大的事儿?""大哥"问。

我借着酒力，大概齐说了说，带着主观情绪。

"大哥"听完，点了根烟，抽了两口，挺认真地跟我说："小艺，你也知道，就这点事儿，哥哥绝对能给你办了，不就打折他一条腿吗？这都不是事儿！但，有必要吗？"

那位仁兄有个习惯，谈条件的时候管我叫"李总"，推心置腹的时候称我"小艺"。

我从他的上下文，基本上听出了他在回复我的时候，没当成"生意"。

"有些事儿吧，自有天意，"他接着说，"你可能觉得可笑，'天意'这俩字儿，从我这种人嘴里说出来。没错，小艺，我们讲话，盗亦有道。我干这行这么多年了，就没见过任何一件事儿，没报应的，只是时辰未到。"

说到这儿，这位"大哥"摸了摸他脖子上挂着的一个硕大的十字架，顿了顿又问："妹妹，哥哥今儿说一句你不爱听的，咱自己这事儿里，就没一点儿错吗？"

听到这句，我大哭起来。

想不到最终打开我心结的，是个从事"黑道"的。

的确，那件事里面，我自己就没有错吗？

当然有。

比如，"贪图"。

大部分婚外情除了无疾而终之外总归会带来一些实惠，之于我，比起财物，更值钱的是眼界。

我对"眼界"的贪图，是悲剧的诱因。

那个大叔最初对不可能扶正我有愧，所以不惜成本让我感受了一些我之前没能力感受的世界。

这下惨了。

我之后很多年过得很不快乐，根本不在于没能跟大叔登堂入室，而是在于大叔让我认识了一些这世上的好东西，眼界上去就下不来了。

为了维持那个水平只能玩儿命工作。

然而又错过了谈婚论嫁的最佳时机。

等维持住了理想的水准，可选择的结婚对象已经相当有限。

2016 年夏天，我在公司加班，忽然灯全都灭了，我正要喊助理问原因，只见门口以小榕为首的一帮公司里的小孩儿捧着个蛋糕唱着生日歌冲我的办公室走过来。

我猛然意识到，那天起，我就三十五岁了。

倒也不至于是我废寝忘食到连自己生日都忘了的地步。

主要是那几天我过得特别魂不守舍。

我怀孕了。

距离上次怀孕，已经十多年。

仍旧不是计划中的。

不同的是，对一个三十五岁的女人来说，年龄和体征已经不允许再次胡乱做个决定。

当时我有两个交往的男性，都不太像结婚对象。

其中一个是"走明路的"，被我当众承认的男朋友，是个律师。

他已经是一家中型律师行的合伙人，学历来历收入前途样样看起来都不差，人长得也算体面。

跟他认识是因为两年前我的一个戏面临一个侵权的诉讼，他是我们请的律师。

在谈判了几个月之后那个诉讼案以庭外和解告终，我们俩又持续见了几次。

也许是那阵子我沉溺于各种律政戏，对律师这个职业过度美化。

也许是他看准我的工作中有他想用的关系和资源。

总之我们就在非情爱面的驱动力之下交流密集起来。

当然，还有一个最重要的原因，认识律师的时候我已年过三十，正处在恨嫁的巅峰，已经不敢透过内心感受去选择。

尽管相处不久就发现，这位律师既自私又自恋且斤斤计较，然而我已不太有胆量轻易放手，这样的一个人放在我那样的年纪中，就成了"鸡肋"。

就这样磕磕绊绊地交往了一阵。几个月前我们开始冷战，原因有两个。

一是他不止一次做假账。

此前他通过我的推荐成了我们公司收年费的法律顾问，其间有一些合作的演员需要看合同，我也会就手推荐给他。

没几次之后，我就发现他多收费滥收费。

在我暗示了他几次之后，他竟然恬不知耻地说："小艺，我挣他们的钱又不会影响你，再说，他们那么有钱，我这也是劫富济贫，为大众做贡献。"

"他们能挣得多是他们的命，你做假账就是你的职业操守有问题。"

"话说得这么难听干吗，我拿了那些钱，不也请你吃饭了吗？要搞得那么清楚，你自己也有连带责任。"

虽然他说这句话是用的半开玩笑的语气，但听起来非常倒胃，那时候起，我心里就对他生出了瞧不起。

有谁能在"瞧不起"的情况下维持爱情？反正我不行。

就在这个节骨眼上，我又无意中发现他跟一个在我这儿认识的外围女勾勾搭搭。

"不跟掺和外围女的男人深交"是我的原则。

人总要有点自己的条条框框。

我认识的一个女演员柯蓝说得好："没有绝交就没有至交。"

"外围女"是我划分男人可交还是不可交的重要界限。

律师"跟外围女勾搭"这事儿本身已经够让我恶心的了，重点是我不知道就以他的自身条件，跟外围女勾搭干什么。

这位仁兄性能力低下，这跟他表面上意气风发不可一世的德行交错出讽刺意味。

有一次公司里的一帮90后在给一个戏开宣传会。
头脑风暴到一半，外卖到了，大家开始吃晚饭聊八卦。
宣传团队一个新来的女孩儿以前给戏里的男一号当过执行经纪。
她披露内幕似的跟团队里的人说，那个男一号是著名的"亚洲四小龙"。
大家都笑起来。
"什么'亚洲四小龙'？"我问。

公司里负责媒体联络的一个小gay（男同性恋者）重复了一遍我的问题，说："艺姐，'亚洲四小龙'，就是'亚洲'，'四'，'小'，'龙'，呗！"
他说这句话的时候加了一系列肢体动作，说到'小'这个字的时候他在自己的胯下比了一个手势，其他人又笑起来。
我哼了一声说："赶紧吃完好好干活！"
说完保持着一个领导应有的冷脸转头进了自己的办公室。

几天后的晚上，我跟律师男友例行见面。
晚饭的时候我们喝了点酒。

饭后我们还有体力，又闲着无聊，就回了他的住处。

然而等蓄势待发的时候，我不巧低头看了一眼。

这一眼看的，我忽然想起公司里的小 gay 说"亚洲四小龙"时的语气和表情。

结果，借着酒力，我失控得当时就笑场了。

那当然是一场不欢而散。

我也并不以嘲笑他人的天生缺陷为荣。

后来的几天，我本来正琢磨要怎么主动修复一下。没想到又出了另外的状况。

那天上午，我正在开会，律师急匆匆打电话给我，嘱咐我说如果谁谁谁问他平时看一个合同怎么收费，我一定要统一口径说是多少钱。

那个数是他正常收费的五倍。

我忽然就不耐烦了。

等开完会，我发微信说我们分手吧。

他问为什么，我说不为什么咱俩不合适。

他隔了好一阵又发了一个很长的微信，列出来最近几个月他跟我见面的时间累积的小时数，说从他跟我没有实际性行为之后，我们的情侣关系就算解除了，那之后的这些见面，都应该给他算加班费。

我把计算器拿出来粗略地计算了一下，把得出来的一个数字发回给他，说："我介绍给你的客户你多收的顾问费，扣除你的加班费之后你应该要退还一笔钱，加上我每一笔介绍应得的 20% 佣金，你一共还应该付我的就是以上这个数。"

很快他又发微信说："小艺，别闹，你还不明白吗？我就是不想跟你分手，咱俩不是挺好的吗？你再想想。"

我就把他拉黑了。

因此，我怀孕当然跟此人无关。

孩子的生理父亲是另一个人。

那是一个韩国人，姓金，叫金圣勋。

有一年我去釜山电影节，在大街上问路的时候认识的，他是釜山人，在釜山的应月路开一间小咖啡店。

"我平时只做两件事，做咖啡跟跑步。认识你之后，人生又多了一件事。"

金先生话不多，但说出来的都很甜美。

最初的三个月我们每个月见两次面，后来变成一个月见一次，就这样保持了快两年。

他不算我的男朋友，但不只是"情人"。

我喜欢跟他待在一起。

我喜欢跟他待在一起时总能从心底感到放松的安适感。

好像我不是去到异国他乡，而是借异国他乡回到了真实的故里。

去釜山跟金先生在一起的时光是开心的。

那种简单的、热忱的开心。

我们很聊得来。

不是聊宇宙聊鸡汤的那种"聊得来"，是所有的小事都能展开碎碎念的那种聊得来。

金先生喜欢小事，喜欢扎进每一件小事的那种乐趣。

为了做一杯自己满意的杏仁拿铁，他能做几十种不同搭配的实验。

釜山也是一个适合谈恋爱的地方，我们可以在广安里的沙滩上消磨大半天，吃烧烤，说傻话，有时候他会拿着画架去画画，或就只是躺在海边听人弹吉他唱歌。

我跟他除了我们共同的未来之外什么都说。

不仅每次见面开心，分开的时候也没有不开心。

我们对对方没有任何"责任"，就算是身处异地，也是隔三差五才偶尔联系，他的咖啡店没有 Wi-Fi，我不会因为他迟回我微信而惦记或恼怒，我们从不会问"你在哪儿""你跟谁在一起"这种问题，我们甚至没有太多以"为什么"做开头的对话。

说白了，我们的关系没有太多虚妄的"期待"。

他让我懂得，没有牵绊感的关系特别高级。

至于这到底是什么关系，我也无法定义。

我不知道怎么向我的亲友们介绍金先生，幸亏我也没打算把他介绍给我周围的人。

我心里清楚，金先生不适合跟我谈婚论嫁。

他是一个梦境一般的存在。

婚嫁需要一些相应的社会属性，比方说，律师的社会属性就适合婚嫁，然而人品太差。

金先生倒是人品不错，但只适合出现在一个没有他人参与的空间里。

他想安贫乐道也好，他想独善其身也罢，都跟他人无关，我们的交集也无需向他人交代。

本来这两个人的情境都安排得很好，然而祸不单行。

继跟律师分手之后，不久，我又发现自己意外怀孕。

在那之前，我一直对外坚称自己是一个不育主义者。

发现怀孕之后，我对这个坚称产生了怀疑。

想起我刚当上制片人的时候，头一回独立码一个盘子，带我入行的一个前辈问我为什么都不用一线演员。

我说我喜欢用实力派拍小成本调性文艺的作品。

他拍拍我的肩膀，语重心长地说，大演员也有实力派啊，大制作也不影响你调性文艺呀，李艺，你只是还不够自信，所以先给自己挖了个坑，蒙蔽自己一下，躲着，安全。但安全是个没意义的东西。

我在发现自己怀孕的时候想到这段对话。

伤感起来。

或许，我一直强调自己不要后代不想当妈，也是同理。

我只是不自信，所以躲在自己渲染的假象里面寻求安全。

然而，没有任何准备的，我就忽然需要重新整理一套关于人生的新的说辞，不仅要说服他人，还要安抚自己。

那几天我就是因为这个才魂不守舍。

所以当庆祝我三十五岁生日的蛋糕带着点燃的蜡烛被我的团队端进来摆在我面前的时候，我差点吐在那堆写着"女神"字样的奶油上。

是啊，我的妊娠反应出现得很早也很强烈，去医院检查的时候大夫告诉我说我的孕囊从一个分裂成两个。

"也就是说，如无意外，你将拥有一对同卵的双胞胎。"

大夫说。

这个消息推动了我对人生大计的思考。

要不要结婚？

跟谁结婚？

这关乎我要不要把双胞胎生下来，以及未来跟谁共同抚养。

怀孕是一个意外，这个意外的怀孕让我意外地重新认识了自己——一个在"无所谓"掩盖之下的、向往成为妈妈的我自己。

诚实地说，在思考"要不要把双胞胎生下来"这个问题时，我的兴奋大于犹豫。

但想到接下来的决定都不只关乎自己，我的兴奋又掺杂了焦灼，那是一种母性大发的焦灼。

不过，命运没有让我焦灼太久。

两个月之后，又一次去医院检查，那位向我解释什么是"同卵双胞胎"的大夫跟我说："李小姐，上次我跟您说'如无意外的话'，我的意思就是说，存在意外的可能。"

接着他又给我解释了什么是"胎心胎芽"——这个在我体内找不到的东西。

一场在心里浩浩荡荡了两个月的孕事，就这样戛然而止。

我独自在家躺了三天，好像之前三十几年加起来都没有掉过那么多眼泪。

我也不知道为什么哭。

哭尚未成为"生命"的胚胎？

哭我看清了自己的内心？

哭被撩动起的热望又得而复失？

还是哭活着太难？

我没有哭出答案。

尽管哭成这样，我也只给了自己三天时间。

三天后，我一早爬起来在小区边上的公园里跑了几公里，然后回家化妆，打扮一新去丽思·卡尔顿吃了顿丰盛的早餐，早餐后拐到隔壁 SKP 花了几万元给自己买了一个新钱包，就像以往很多时候一样，把悲伤使劲藏在心底，打着鸡血去上班了。

一进办公室，小榕把新剧的一个修改方案递给我，说"限韩"应该不是传说，"姐，看来咱们不能用河正宇了，得换个人。"

我说好。

正式开始工作之前，我在微信中把已拉黑的律师和昨天还给我发釜山夜景的金先生都删除了。

金先生一定很困惑。

他不知道我怀孕，他也不知道我流产，他更不知道我在畅想当妈妈的时候曾经把他画在损益表里思考过要不要跟他共度余生。

他知道的只有我们上次见面还天雷地火。

那天早上我先陪他去咖啡店，他工作，我看书。中午我们在街上随便吃了午饭之后就走到迎月路去散步，路旁的樱花盛开，放眼望去，在樱花的尽头有山和大海，仿佛只要这样走下去，就能走进一幅如诗如画的幸福。

我们拎着啤酒一边喝一边调笑。

路过一棵樱花树，金先生轻轻推了一把，我顺势背靠着那棵树，樱花被我的鲁莽吓到了一样，"噼噼啪啪"掉了一阵花瓣下来。

金先生靠过来，拂去我头发上的花瓣，捧着我的脸说："艺，我爱你。"

他的手指因常年揉搓咖啡豆揉出了一种带着咖啡香的微茧的质感。

那质感的手指划过我的脸颊，停在我的耳垂上，交错出相当轻盈的性感。

那是金圣勋第一次对我说"我爱你"。

也许是樱花，也许是啤酒，也许是春天，也许是他指肚上微茧的性感，我被那三个字深深地沉醉。

然而，我又不想过度陷入那样的一个只属于恋人的告白。

因此我一边说"我也爱你"，一边从口袋里掏出一根蒜味的辣条放进嘴里，咀嚼着对他说："来嘛，救我，帮我解辣。"

金先生从没有辜负过我的游戏，他笑着喝了一口啤酒，半含着凑过来，蒜味辣条和啤酒混在一起，混出无法言传的热辣。

我想我会一直记得那样的一个吻，在樱花树下，在互相说过"我爱你"之后，我们的脸贴在一起，我记得他的皮肤有一点粗糙，带着我依恋的温热定格出了比浪漫更有质感的真。

我想我也会一直记得那样的一个樱花的季节，金先生的亲吻好美，釜山的春天好美，迎月路那天下午的街景好美。

尽管如此，我还是坚定地从金圣勋先生的世界彻底消失了。

这样也好，一个热爱生活的人需要迷惑和遗憾。

至于律师男友，我对他没有眷恋也没有担忧。

知道他是亚洲四小龙的毕竟是少数，他仍旧可以风生水起到处贪图小便宜去演好他的"钻石王老五"，反正外围女多的是，等着相互欺骗的人也多的是。

二

一进办公室，助理把新剧的修改方案递给我，说"限韩"应该不是传说，"姐，咱们这个戏先别谈河正宇了，说是章子怡跟他合作的那个都先叫停了。"

我叹了口气。

刚要把负责内容的团队叫进来开会，董事长的秘书给我传达了一个紧急通知："王总让您去参加跟基金的会议。"

"现在？"

"嗯，现在。"

对了，介绍一下我们公司的"黄金组合"吧。

这两位，一个是金牌出品人，一个是导演界的"扛把子"。

以哪国标准衡量他们都是绝对的"成功人士"。

然而略作深入了解，就又会失望地发现，以哪国标准衡量，他们都德不配位。

先说说正在会议室侃侃而谈的这位。

著名导演贾向征，男，五十多岁，从业二十几年，拍了十几部电视剧，一半以上作品都能用"脍炙人口"这个成语来形容。

早些年贾向征导演的确是个靠作品说话、脚踏实地干活的"手艺人"。

然而，那只是传说中的"早些年"。

打从我进公司开始，多少年了，就没怎么见过他真的干活儿。

公司近年出品的好几部挂着他导演之名的电视剧，其实都不是他执导的。

前两年至少他还会象征性地出现在现场，比画比画，这两年更甚，连现场都不去了，反正有能力的执行导演多的是。

贾向征只有在前期谈条件和后期做宣传的时候猛然出现，到处跟人谈"情怀"。

谈"情怀"是贾向征的绝活，一张嘴就收不住，一颗假装忧国忧民的心加上一张巧舌如簧的嘴，回回能摆出气吞山河的架势，让个别真正的知情者——如我——都觉得倘若在这种调性下质疑他简直就是自己有小人之心。

我刚进公司的时候，跟贾导跑过好几年宣传，我内心的转变，从一开始佩服他的谈吐，到现在，更佩服的是他过了这么多年，竟然谈吐的内容都没怎么更新。

要说我们的市场究竟有多好，才能让一个人骑在自己早年的"成功"上不断地炒陈年的冷饭，还能吃得这么长久且如此心安理得。

贾导的"情怀论"统共三个系列，根据现场人群构成的不同和反响的差别略作微调。

第一段主要讲他的个人奋斗史，中心思想就是：人一旦死心眼儿非跟命运抗争结果就人定胜天了。

在那个半杜撰的故事里，贾向征从一个普通的城乡结合部小青年，靠自己的努力成了在娱乐圈一呼百应的大导演。

如果在好莱坞和宝莱坞之间需要一个兼容《贝五》般的咬牙切齿和秧歌式的载歌载舞的故事作为分水岭，没有比贾导给自己杜撰的励志大戏更合适的了。

故事中有意隐去的重要片段是贾导真正的发迹始于他娶了现在的这位太太。

贾太太的父亲当时在中宣部任职，负责"意识形态"。

贾导开始建立行业影响力的几部制作精良又"政治正确"的作品都是从他跟这位太太结为夫妻开始的。

贾太太喜欢秀恩爱，俩人经常携手出没于各种访谈节目和杂志采访。

根据两位当事人的叙述，他们的爱情既有浪漫的"一见钟情"，又有常年的"琴瑟和鸣"。

贾导在认识这位太太不久后就展开了追求，只不过他们俩都没说过贾导当时还另有一位发妻。

在火速认清形势、火速决定迎娶这位"官二代"之后，贾导火速了结了跟原配的婚姻关系。

原配人微言轻，也没别的选择，在被遗弃之后还惯性地留在遥远的原籍伺候贾导的母亲直到贾母去世。

当然也不能因此就否定贾向征和现任太太之间的确存在同享福的真情。

但，真相绝不像他们演绎的那么坚贞而高尚。

至于贾导的这位二任太太，真不是一位"等闲之辈"。

尽管贾太太父亲的背景后来经少数知情人挖出来说明其官位并不高且没有太多实权，但，架不住贾太太长期坚持不懈的渲染。

市场上攀强附势的小人越来越多，供贾太太造假的市场就越来越大。

贾太太自己没什么专业，常年不学无术，但就精于"附庸风雅"。

她人生的重要的工程是用各种手段强化"她是谁的谁"，在多年刻苦练习之后基本做到随时信手拈来。

结婚前她的卖点是"官员的女儿"，嫁给贾导之后她的卖点变成"国民导演的太太"。

除了这个主要角色之外，贾太太还擅长炫耀她跟各种名流纵横交错的关系：她跟王菲在一个深山里学过佛，跟马云在一个楼顶上打过太极，跟范曾在一个裁缝那儿做过唐装，跟王健林参加过同一个论坛，连去美国几天都要特别强调"那家米其林三星的餐厅是杨澜的先生吴征帮我们安排的，一般人是吃不到的"。

贾太太没有过真正的工作，只有"贾太太"这个"角色"和一把倒腾不完的社会关系。在她的世界里只有两种人，一种是有利用价值的，供她攀附和炫耀；一种是没有利用价值的，供她对比好产生优越感。

她以"名媛"自诩，实际上就是个"掮客"，从所有的交换关系中赚中间费，常年打着与世无争的幌子锱铢必较。

生于这样的一个盛世的贾太太，堪称某一类女性的代表人物，她们一辈子奔忙于如何从让人看不起蹿升为让人羡慕忌妒恨。

在她们的语境中没有温和的中间地带，她们不懂的是，不论男女，最珍贵的品质都是被尊重和被喜欢。

贾向征成了她的名片，她拿他给的身份赚钱，顺便帮贾向征宣称他多么淡泊名利。

常听人说要看清一个人的本质，就看这个人选什么样的伴侣。

贾向征和他的这位太太，的确是他们"本质"的最佳代言。

除了个人奋斗史之外，贾向征导演还特喜欢讲他的交友观——"人一定要跟比自己强的人为伍"。这是他对外宣称的版本。

他对我说的原话可不是这样。

有一次公司年会，贾导心情不错。在轮流敬酒的环节，他拍着我的肩膀找了个略微跟人群错开点距离的位置说："小艺啊，你知道你为什么成不了大制片人吗？"

我被他没预热的推心置腹问得猝不及防，本能地回问：

"为什么啊，导？"

"因为你这个人，是个性情中人。性情中人太喜欢带着感情做事。人要想成功，那做事就是做事，做事的时候不能太重情。情这东西，只能消遣，或是放在作品里，骗骗老百姓。你得分清楚，作品归作品，做事是做事。"

接着他就说了那句在台上被他重新演绎了的名言："你看我这个人选人合作，必须要有两个条件：第一，你的资源比我牛逼；满足不了第一条的起码得比我有钱。"

我少不经事，不合时宜地接了一句嘴："那，导，您为什么跟要我合作啊？"

贾导听我说了这么一句，笑了笑，先把杯子里的残酒喝完，耐心地转向我，一字一句地说："小艺啊，我没有跟你合作，我是雇你给我工作。我们是雇佣关系，这个啊，不叫'合作'。"

说完又拍了拍我肩膀，脸上露出认定我不可救药的轻蔑，端着空酒杯走回了等着簇拥他的人群。

喜欢讲情怀的贾导最喜欢提到的一个词就是"真"，那也是我最难在他的真实人生中发现的元素。

此刻的会议室里，贾向征已经说到了他回回总结陈词的那三句。

"人要有梦想。"

"人要讲义气。"

"人要爱国！"

和每次一样，贾导用各种事例把自己举证成一个临危不惧有勇有谋的君子，且能冷静地在每一次选择的时候都保持政治正确，简直像杜月笙和郭沫若的结合体。

至于他陈词的三个核心句式。

他是不是"爱国"这事我不敢轻易评价，反正他和他太太早在国家加强外汇管制之前就在海外置了业买了房，贾导伉俪为了把钱转出去而给那些地下钱庄做的贡献不比他们给国家交的税少。

至于"梦想"，正是因为贾导这种类型的"成功人士"越来越多，在我们的语境当中，"梦想"和"贪欲"的界限也越来越不分明。

再说"义气"，那就必须要提到我们公司的另一位创始人——董事长王敏腾。

我刚进公司的时候是王敏腾的几个助理之一。

王敏腾是个工作狂，对别人和对自己要求一样严格，所以到现在为止，尽管我并不喜欢他的为人，但这不妨碍我佩服他的工作态度，且他是真的教过我工作技能的人。

至今我都记得，刚进公司不久，王敏腾让我参与公司一个戏的宣传。

那是我第一次参与宣传，他分配给我的主要任务是配合宣传人员做个预算。

当时我进公司时间不长，所谓"助理"的工作范围又模糊不清，我正处在初来乍到的戒备期，偏赶上负责宣传的一个同龄女性正以资深姿态不断地给我下马威。

我试图找到自己的位置而未果，忙得很没有节奏。

接了那个预算任务之后，我本来打算主动找宣传的人讨论一下，但远远看见她一副准备好要欺生的嘴脸，我退缩了。

那天下班之前，我把自己闷头独自完成的预算单交给了王敏腾。

他匆匆扫了一眼说，你先别走，我一会儿找你。

两个小时之后，我被他叫进办公室。

他的办公室里有一面用毛玻璃做的墙面，当黑板用的。

在那个上面，密密麻麻写了几十个问题。

"你就在我这儿弄吧，等把这些问题全都回答完了，您这预算才算是基本做完了。"

王敏腾说完又把那个做宣传的姑娘叫进来，他对她说："这是咱们公司管宣传的大拿，丁天，媒体没有她不熟的。天儿，这是李艺，以后你们所有跟我申请钱的事儿都得过她。她没列清楚的钱，你找我要也要不到。所以你跟着看看，这面墙上还缺了什么漏了什么的，帮着补上。预算明天要，并进你的宣传方案一起给我。"

王敏腾明确完我跟丁天的工作之后自己先走了。

那是他最擅长的管理方式：分工明确，彼此制约，在他之下，没有谁能独揽大权，也没有谁会被完全排除在外。

等王敏腾走后，丁天回她座位拿了上一部戏的一个宣传预算参考给我，又在黑板上补充了几个电话号码。

"这个行业没有能照抄的'标准范本'，每个作品都不一样，每个宣传也不一样。哪个老板都希望少出钱多干事儿。但你不能因为想邀功就卡预算。戏卖不好一切都是瞎掰。能做到出多少钱干多少事儿就不错了。"

说完走了。

我用了一整夜的时间认真思考了那面墙上列明的所有问题。

一直到现在，我都特别擅长做预算，并且能在所有给我交预算的新人的"作业"里一眼看出问题。

丁天跟我当然也没有从此化干戈为玉帛。

不过，职场上人跟人之间的关系，说简单也简单，就是明确的"供需关系"。

或是应该这样说吧，任何稳固的关系都需要明确的"供需关系"作为支撑。

像是我跟丁天，不管起初多不喜欢对方，我们都是喜欢工作的人。

在长期互相较劲偶尔彼此支持了挺长一段时间之后，几年前，丁天自立门户开了个宣传公司。

创业之后她跟我的来往比在公司的时候还更密集，因为她需要从我的手里"接活儿"。

我们的关系升级为"店"与"客"的关系。碰上有钱的好项目，她会"艺姐"长"艺姐"短地跟我怀旧；碰上宣发难做的剧，她就会随便指派一个手下的人来跟我手下的人讨价还价，完全是审时度势的商人做派。

有意思的是，随着时间的推移，我们在这种供需关系的长期维系之下，竟然真的产生出了友谊。

去年初丁天的公司又拿到了新投资，加上她签的几个新人中有几个拍网剧"中了"，猛然之间身价百倍。

尽管所谓要在新三板上市的影业公司在北京不计其数，但，至少她的确是靠自己的努力跻身其中了。

丁天在扩大业务之后跟我长谈了一次。

在那次谈话中，她跟我分享了她的交友观。

"我知道你觉得我现实，大部分人大概都是这么认为的。但这有什么错吗？我为什么要花时间和精力在那些对我的进步和发展没有任何益处的人身上？难道亲近一些没用的人就能证明我的人品多高尚？我不这么认为。况且，利益交换就是成年人联系感情的基本方式。成年人嘛，不互相利用怎么能彼此熟悉。比方说你，如果我跟你没有因为工作上的需求交手那么多次，我就不可能了解你有多专业，我就不可能对你产生尊重。所以，关键不在是否互相利用，关键在利用了之后是否能产生互相的尊重。"

说真的，对她这番话，我竟然无言以对。

后来在很多工作的场景中，我都会想到丁天提到的"尊重"这个词。的确，在职场当中，大部分时候"尊重"比"喜欢"重要多了。

也就是在那次谈话过程中，我才知道当年丁天出去独立发展，王敏腾竟然是她的天使投资人。

当然这也很符合王敏腾一贯的做事风格。

他在思考一切的时候都会毫不掩饰地从利益出发。

"必须要有共同利益。"这句是王敏腾的处世格言。

他不仅是这么做的，他也把这个秘籍传授给了丁天。

丁天闹着要离职，王敏腾评估了不用涨工资挽留，但又看好丁天的能力，所以他就投了她。

王敏腾跟很多人的合作都是本着这种明确的以"共同利益为前提"的原则，尽管现实，现实的还算坦荡。

外界对王敏腾的评价是他脾气差翻脸快，在我看来他翻脸快，翻回来也一样快。

几年前我目睹了他跟一个新近蹿红的导演之间的对话。

在我们这个行业，所谓"蹿红"的意思是，他或她之前的大量曲折坎坷的奋斗史，公众都不知道。

香港导演王晶说过一句话："我在这个行业几十年，就没见过一个人'怀才不遇'。"

那位导演也是那样，之前拍过无数广告、无数 MV，给无数个知名导演当过执行导演。

也拍过几个小成本的电影作品，但十几年都籍籍无名。

人就是这样，你跟命运比坚强，只要你付出足够的耐力，偶尔也有命运对你低头的时候。

命运玩儿累了，网开一面，对那位导演低了头，他以一部小成本的作品撬动了高票房，一时间声名鹊起。

王敏腾赶在第一时间找该导演合作。

那天我陪王敏腾去那个导演指定的一个酒店大堂开会。

等到了之后，才落座，那位导演就开始了他对王敏腾长达半小时的控诉。

控诉内容是在过去的多少年里，他找过王敏腾多少次，他是多么无情地拒绝了他，让他感到多么羞辱，和经历了多深的自我怀疑。

我相信那个导演说的是真心话。

王敏腾拒绝谁的时候都快而绝，不太在意对方的感受。

导演整个的独白过程，王敏腾一直静静地听着，脸上没有任何特别的"态度"，没有以前辈自居的傲慢也没有想跟当红人物合作的谄媚。

好像在听一个跟他无关的人说一些跟他无关的事。

等那位导演的陈词告一段落，王敏腾问了句："说完了？"

　　然后就好像直接切换到另外一个频道一样胸有成竹地说："那我们现在来谈谈新戏的合作吧！"

　　王敏腾的态度似乎超出了那位导演的创作经验，他对他没有任何情绪感到意外，又碍于准备好的说辞已经一口气说完了，只好跟着王敏腾的节奏开始了对合作的讨论。

　　王敏腾就是这样的一个人，精明、贪婪、识时务。

　　他也不美化他自己的精明、贪婪、识时务。

　　我没听过他跟哪个高官称兄道弟，也没听过他跟哪个女明星不清不楚。

　　他没有什么特别的短板，除了一定要亲自过项目亲自看着钱。

　　他对钱特别在意。

　　不久前准备投我们公司的基金开始派人做尽职调查，我们才知道我们公司的财务总监原来是王敏腾的小姨子。

　　在那之前，王敏腾的太太是谁，甚至他有没有太太，对所有人来说都是个谜。

　　王敏腾除了事业，绝少在人面前袒露感情，跟他工作这么多年，他唯一毫不掩饰表达过情感的人，就是对贾向征。

　　要不是这两个中年男人都长着深度直男癌的嘴脸，我简直要怀疑他跟贾向征的关系。

　　对这两个人的一番评论下来，似乎听起来我对王敏腾的评价高于贾向征。

　　倒也不算是。

王敏腾有两个我一直都鄙视的行为模式,一是过度剥削,二是惯性抄袭。

公司在创办初期,为了快速出作品,经常找各种境外剧生扒,从故事结构到人物关系,有时候甚至矛盾点和对白都敢照抄。

而他对参与这种"改编"的编剧群体特别苛刻,一向把稿费压到最低。

其间我找了一个合适的机会跟他提出异议,他看都没看我,闷声说:"你会因为有假货存在就否定马云不上淘宝吗?如果你的答案是否定的,那就别在我的团队里使文艺青年那一套。如果成天吃素救流浪狗就能解决就业问题,我明天就带头出家。"

我没能力跟他狡辩,只能暗自下决心:我要好好做内容,证明内容的价值。

所以说,这两个人,一个伪君子,一个真小人。

我对他们俩评价的高下,仅仅在于相对于贾向征的"伪",王敏腾起码还有一点"真"。

原本这两个人的合作清楚而稳定:贾向征负责出产内容,王敏腾负责销售内容,多年以来,拜他们俩的志同道合所赐,公司始终在稳步成长。

但最近这个合作因为贾向征的减产和整个行业的翻新开始出现不稳定因素。

他们俩又分别听了太多吹捧,都偏离了正确认识自己的轨道。

赶在这么一个岌岌可危的时刻,又有一个实力雄厚的基金要投资这家公司，资本在没有认清内容的真相之前加剧了这份不稳定。

话说近几年想投我们公司的各种资金此起彼伏，但大部分是看重项目的热钱。随着王敏腾在这个行业的知名度越来越高，金主们对他的热情也开始越来越高涨。

王敏腾对钱有他判断的天分，所以他接受投资的态度也相当审慎，基于这个大前提，渐渐他成了主要帮公司赚钱的人，他也成了主要的决策人，他和贾向征平分秋色的原始模式开始出现动摇。

不知道有意还是无意，王敏腾从之前完全在幕后，到近年也开始频繁上媒体。尽管很多采访的主题还是聚焦在他和贾向征的合作，但明显从以前在贾向征的采访中对他的一笔带过，到现在他们的媒体号召力不分上下。

在哪个行业，成为"名人"总是能获得更多机会，就像这次的这个基金，对方也是先找的王敏腾。

和以前一样，对于跟钱有关的事儿，王敏腾都是在谈出框架之后，才知会的贾向征。

然而，大概是因为这次资金的额度过巨，投资方对未来的规划过于宏伟，贾向征一反常态，对基金进入之后的决策机制和股权分配都急切地想发表意见。

贾导的个性一贯是有意见不明说，没几天之后，常年扮演他

"发言人"的贾太太就出现了。

最初听说有这么大投资的时候，我就预感到贾太太不会袖手旁观。

果然，钱还没出发，导演太太就迫不及待冲过来搅局了。

名媛贾太太的主要人设就是"我叫不吃亏"，公司真有什么利益，她掺和进来明争暗抢也是早晚的事。

那天我刚进办公室，就看见贾太太一身真丝披挂，穿得像个《红楼梦》里的姨奶奶似的就来了。

贾太太一进门先一个亮相，借假装报喜宣告了主权："你们都有福气喽，要跟着我们家大导演过上好日子喽，单他个人的估值起码就得好几个亿！"

我在公司这么多年，贾太太每隔一阵子都要以"女主人"之姿跑来参与公司业务。

最近的两次，一次是她不知道从哪儿听了什么闲话，说是我起用的一个女二号跟贾导关系暧昧，非让我把那个演员换了。

我坚持不换，她不知道倒腾了些什么关系，结果就是我和那个女二号都被换了。

由于那部戏挂的监制还是贾向征，我乐得有人接手这种热山芋。

但表面上的架势当然要做足，我以受害者的嘴脸在办公室持续消极怠工，直到王敏腾提出要对我补偿，我就势要求他给预算，把一直想做的一个网剧给拍了。

另一回是贾太太忽然捧着一个夸张的花束来公司，直奔财务室，对财务老大嘘寒问暖，一声声"妹妹"叫的，其音量之夸张恨不得天津都能听见。

也就是那一次，我们才知道财务总监是王敏腾的小姨子。

临走的时候贾太太路过王敏腾的办公室大声说："不好意思啊敏腾，没跟你商量我们姐妹就先约了。我琢磨着咱们家大业大的，如果没有什么事儿需要隐瞒，那就也不应该有什么人需要隐瞒不是？嫂子的妹妹就是我的亲妹妹，你说我嫂子这么有福德的一个人，你人前不给我嫂子的妹妹名分我看是说不过去！"

她走后王敏腾把几个骨干叫进他办公室，简单地说了句："你们都听见贾导夫人说的了，没错，财务总监是我太太的妹妹。我需要你们清楚，用谁当财务总监，跟她是谁的亲戚没关系，只跟她的业务能力有关系。这是个常识。我不说是不希望有人花时间跟财务套近乎，这也是个常识。行了都忙去吧。"

没有一技之长的女性容易趋向两个方面，一是搬弄是非，二是长期患有"被迫害妄想症"。

贾太太这两样都是强项。

只不过以前她都还仅限于无事生非的瞎发挥，自从看到利益之后，她开始把干预我们公司发展当成了主业。

在贾太太的积极搅和之下，公司内部开始流传贾向征和王敏腾对立的风言风语。

大部分人忍不住开始站队，资金还没有到位，人心倒是先行涣散。

我对那个投资没有特别的兴趣和期待。

对它全部的认知都来自王敏腾跟我的一次谈话。

他嘱咐我尽快把没走完的购买 IP 的合约尽快走完，并且特别强调了一些版权归属的问题。

在谈论版权的过程中，王敏腾跟我大致介绍了那个基金有背景有实力。

我对资本没有足够的常识。

出于"妇人之见"，我没有太大兴趣主要因为对来开会的两个 GP① 实在没什么好印象。

我不知道他们叫我列席会议的意义何在，反正这几次开会的内容基本就是听完贾向征的自我吹嘘，接着又听其中一个 GP 的自我吹嘘。

那位紧跟在贾导之后自我吹嘘的 GP 姓屠，是个老投行，能拿出来的成功案例离现在最近的也至少是十几年之前的事儿了。

和很多在他们那个行业混迹的人一样，屠先生非常喜欢在他发

---

① GP，即 General Partner，普通合伙人，泛指股权投资基金的管理机构或自然人。——编者注

言的字里行间看似无心实则蓄意地带出他跟谁有交情或跟哪个机构有过从。总之就是把未来可能提供的"增值服务"描述到了一个令人眼花缭乱的境界。

然而，他提到的那些所谓跟他有交情的人多半都位高权重。也就是说，根本无从核实他说的有多少是真的。

他第一次来开会说的主要内容就是他跟默多克有多熟。

那天，他用了十几分钟绘声绘色地把默多克纽约豪宅的装修风格说了一遍，重点落在默多克请他去参加过他们家的家宴。

接着他又用了十几分钟讲默多克和邓文迪离婚之前的戏剧画面。

"Wendi（邓文迪的英文名）和老默纽约的家里有一个非常大的会议室，那天 Wendi 约了一屋子人正开会呢，仆人敲门进来说，夫人，有您的电话。Wendi 一听就怒了，骂那个仆人说你怎么这么没眼力见儿，不是说过嘛，开会的时候不要打扰我！仆人垂手在门口站着，没有要走的意思，小心翼翼地补了句，是先生的电话。Wendi 这回语气缓和了几分，说，你去告诉先生，说他的 darling（亲爱的）在开会，会后立刻打回给他。哪知仆人还是不走，铁了心似的继续要求：先生说了，让您务必现在就接。Wendi 又训斥仆人，那你为什么不直接把电话接到这屋来？仆人不卑不亢，站在那儿尽责地说，先生说了，是要紧的事。说完抬头瞄了瞄会议室里的人，用眼角说明了私密性。Wendi 是个情商多高的女人是吧，对一屋子开会的人笑着说，你们看看我们家老默，就是一时半刻都离不开我。说着离开了会议室。等十几分钟之后她接完电话回来，一屋子人都惊呆了，你们知道吗？Wendi 的脸当时那个绿啊，她颤抖着把大家遣散了，说发生了重要的事她要先处理。当时我就猜她跟老默的婚姻触礁了。"

屠先生像个说书人一样讲了一个世人皆知的八卦，语焉不详地透露出仿佛他在现场的证明。

可我们谁都不认识默多克谁也没去过邓文迪家开早餐会，所以这种话，在一个讨论投资的会议上占用大家的时间，我实在搞不懂有什么意义。

经常跟这位屠先生一起来开会的还有一个女的，Gina，更是奇葩。尽管据她自己说她有多少年其他行业投资经验，但，她就是个"追星族"。

开会期间只要话题涉及明星，Gina 就两眼放光无节制地提出幼稚的八卦问题延展讨论。

第二次开会茶歇的时候她就已经按捺不住，好奇地挤在我身边问："胡歌真人 nice（亲切）吗？"我以"呵呵"回应想提醒她"专业度"的存在，哪知 Gina 姑娘对自己的兴趣爱好颇有几分执着，丝毫不介意我的冷淡，一脸畅想地又问说："等我们的钱到位之后，下一部戏有可能请鹿晗吗？如果请了他，我能去现场吗？"

这样的两个人，让我怎么能产生敬意？

我不太相信这种水准的人代表的资本能有实力到哪里去。

在我们这个行业，不怕专业差，怕的是过分夸大其词和"追星心态"，这两个人，一人一个山头，都占全了。

不久之后，贾太太跟那位屠先生火速搭上了关系，果然是应了物以类聚的自然法则，两个人一副相见恨晚惺惺相惜的架势，从此频繁地一起出入办公室，一起在公共区域旁若无人地谈笑风生。

他们的对话并没有实质内容，不过是如数家珍一般提到一些名人和人名，他们向对方炫耀着自己和那些大人物如何熟络的细节，他们用弦外之音向其他人宣告他们对整件事的控制权。

小聪明和真智慧的差别在于前者只会排除异己。

贾太太当然是前者，自从听说了公司的融资上市规划之后她就开始把王敏腾当成假想敌，所有行为都指向搞内部分裂。

当然，很难说这究竟是她自己的想法还是受贾向征指使的结果。

总之她开始找各种机会无事生非，由于我在公司的工作分配看起来属于"王敏腾派系"，因此成了她的第一攻击目标。

有一天我刚进办公楼，才进地库停好车，就收到小榕微信说贾太太正在跟王敏腾哭诉我对贾导的迫害。

事情的起因是之前宣传部门的孩子们跟丁天的公司合作，配合贾导挂名的新作上线给他做一些宣传。

没几天微博上出现了一句热搜：没看过贾向征的剧不是中国人。

"这么低级的热词谁想出来的？"我质问宣传团队。

没人承认。

我又问丁天。

"呵呵，你说这么低级的热词，谁能想得出。"

丁天说"谁"的时候拖了个长音。

我熟悉这种长音，知道丁天在暗指贾太太。

隔了几天又有一个娱乐新闻激化了矛盾。

此前在我们公司投资的几个电视剧里出演过不重要小角色的一个女演员，忽然因为在新近一部戏里演一个角色讨巧的女二号，火了。

她在一个采访中被问及合作过的导演，她没想明白地表示"很崇敬贾向征导演，但没见过贾导本人"。

问题是，她出演过的我们公司投资的那几部戏，导演都是贾向征。

这也罢了，没多久某个门户网站的娱乐首页做了个专题——"影视捉刀手，你所不知道的'导替'"。就把该女演员的采访放了进去，因此这件事被就地放大。

贾太太愤怒了，认定有人在黑他先生。

且她有非常具体的怀疑对象，就是我。

原因有二，一是那个女演员我用过不止一次；二是我最近的几个项目都是网剧。

综合上述，贾太太认定是我教唆那个女演员说的。

"贾娘娘说了，河还没过完呢就急着拆桥，这是回到'文革'时代了吗？用阴谋陷害前辈，用拍网剧的方式转移公司资产也就罢了，还企图用迎合大众不顾情怀的低级趣味作品坏前辈的名声。"小榕转述了贾太太的哭诉。

听那些措辞，这番话确实像贾太太的口吻。

我对这种家庭妇女式的戏码很不耐烦，索性跟王敏腾请了一周假。

王敏腾简短地回复了同意，也并没有问我请假的原因，只说一周后投资人那边要另外派一个专人来做尽职调查，让我留出时间跟对方开会。

过了几个小时王敏腾又发来一条微信，若无其事地跟我说我手上正在筹备的两个网剧可以先暂缓，让我"先好好休息"。

在职场上，最令人感到灰心的不是英雄气短，而是小人得志。

我看不懂王敏腾的布局，但我清楚地知道贾太太排挤我的计划再次得逞。

在不遗余力地为这个公司效力了将近整个的青春之后，我陷入前所未有的失望，那不仅是对公司本身的失望，还有对人的失望和对行业的失望。

休假期间我找丁天聊工作，跟她抱怨了一下公司的现状，她听完鼓励我单干。

"天下大多数有点脑子有点资源有点能力的人都在创业。你的脑子能力资源比天下大多数人都强，你还留在那儿跟他们蹚这浑水干吗？以你今天的实力，出来做公司，有的是人捧着钱要投你。"

"唉，我不像你，我既没那么大野心，也没那么大责任心。"

"你是个制作人。你的工作本质就是'野心'加'责任心'。你不是不能单打独斗，你只是习惯于给王敏腾卖命了。"

"也许吧，我不愿意单打独斗，你记得吗？以前我就跟你说过，我是'山坡主义'，永远只当打仗的不当带兵的。"

"要不你来跟我合伙，我们正在扩大业务，需要你这种懂内容有实操经验的合伙人。你看，咱俩的名字当新公司名字多好，'天艺影业'，都是天意。"

"唉，我看过太多你们这些创业的人的生活状态了，我真不想把自己弄成那样。"

"那你就不能抱怨，亲爱的。女人啊，就怕抱怨。如果山坡是你选的，你就要接受山坡上既有羊也有狼。"

理论上我同意丁天的说法，然而心情上需要一定接受过程。

谁没有个身陷低谷的时候？低谷的女人有几个能控制住抱怨？

那天回到家，看小榕给我的一个新的剧本大纲，讲一个单身女性冷冻卵子的遭遇，是个喜剧。

在大纲后面，还备注了一些真人的采访，包括徐静蕾谈她对冻卵的态度。

我对大纲没有太大兴趣，但冻卵这件事本身引起了我的兴趣。

那个兴趣，怎么说呢，用一个张爱玲最喜欢用的词，叫作
"苍凉"。

是的，那是一个"苍凉的兴趣"。

看完大纲，我怀着苍凉的兴趣，以为，人生就是这样了吧。

三

一年之后。

那一年，好像一部写坏了的韩剧，好好的悲伤，被残酷损害了原本的美。

先是贾向征和王敏腾之间长达十几年的合作终于以彻底决裂告终。

决裂的场面相当难看。

娱乐媒体把之前贾向征在采访中提到王敏腾的部分剪了一个串烧。

贾向征多次在公众场合讲"义气"这个话题，并不厌其烦以他和王敏腾为例，强调真正的男人不能见利忘义。

结果呢，好像他最终的行为只是推导出另外的结论：有些人，没有见利忘义，是因为尚未见识到足够的"利"。

经历了这一次资本准备介入的风波，一向标榜自己重义不重利的贾向征被还原了大部分本相。

当然了，那只是在公司内部小范围的还原。

在大众面前，贾向征还是那个"富贵不能淫，威武不能屈"的国民导演。

为了在危急关头维护这个形象，他先发制人，快速找枪手写了一本自传，以一面之词把自己塑造成了一个受害者。

那本叫作《贾不假，永远以梦为马》的自传前半部分讲他在没出名之前如何在艰苦的创作环境中投身艺术，以及王敏腾如何剥削他；后半部分讲他在成名之后如何在不再艰苦的创作环境中更加投身艺术，以及王敏腾如何变本加厉地剥削他。

书中描述的贾向征是一个痴迷于艺术的生活白痴，连在剧组订盒饭都会上当受骗的那种"内心永远十七岁的艺术家"。

天晓得，什么剧组会让导演自己订盒饭啊？

然而，大部分励志书都是卖给没常识的人看的。不幸的是，没常识的人才是大多数。小人当道正是借了这股常识缺乏的歪风。

"内心永远十七岁的艺术家"是贾向征在自传里给自己的主要人设。

我原本以为这种一眼就能看出满嘴瞎话的公关书会很容易被识破。

谁知那自传上市之后竟然真的获取了不少同情。

贾太太更是借着书的宣传不遗余力地在社交媒体积极地跟各种名人互动，频繁地展示她和贾向征左右逢源又"上善若水"的生活方式。

贾太太互动内容的第一个阶段主要是哭穷，某次她在微博里晒了一副翡翠耳环，配文写的是：当年奶奶为了支持爷爷抗战，卖了祖传的耳环。抗战胜利，已经是将军的爷爷赎回了奶奶心爱的耳环。现在的我，为了支持我们家贾老师创作，要把奶奶留给我的这副心爱的耳环送去当铺了。@贾向征导演 孩子他爸，等你这部戏拍成攒了片酬，记得帮我把传家宝赎回来哦。

贾向征转发了这条微博，配文是这样的：一个男人最重要的品质是碰到什么困难都对理想莫失莫忘，一个女人最重要的品质是不论什么遭遇都对爱情不离不弃。

真不愧是一对以心机走天下的夫妻。

贾太太以寥寥百十来字，看似不经意地透露了数个重要讯息：第一，她系出名门，有个当过"将军"的爷爷；第二，他们家有祖传的恩爱的DNA；第三，得穷到什么分上了，需要太太去当铺押耳环才能继续创作；第四，跟贾向征联袂出演夫唱妇随的戏码，满足围观人群对"狗粮"的需求。

真相是，那副耳环是好几年前，贾太太为了跟某个高官套近乎，从那位高官从事珠宝生意的太太那儿高价买的。

我之所以知道这个来路，是因为当时贾太太不仅戴着那副耳环到处高调炫耀，还试图要求公司报销一部分，说她买那副耳环是为了给公司"公关"。

贾太太这么精明的人肯定知道翡翠的行情，但她有她的小算盘，在她的评估当中，作为"变相行贿"，那副耳环算是买得相当划算。

然而总有一些发生超出了贾太太的控制，没两年之后那位高官就被双规了。

那副被压箱底的耳环经过好几年再见天日的时候，就被贾太太编造了另外一个来路。

我在办公室看到这两条微博的时候，对着电脑忍不住都快笑出声了。

笑完内心暗自叹惋，像贾太太这么会编故事的人，没当编剧可惜了。

不久，在水军的推波助澜之下，舆论批评王敏腾的声音一度成了"贾王之争"的主流观点，基本达到了贾向征伉俪预期的公关效果。

我在舆论几乎是一边倒地同情贾向征的时候又陷入新一轮的对人的灰心：就算真相摆在那儿，大部分人也只会受到情绪影响而无视真相的存在。

而那些情绪，带着怨怼的蠢相，就像中年发福之际腰腹长出的肥肉一样，暴露出内心的无序和失控的丑陋。

大部分的人是不会思考的。

"不会"不是指能力，而是指意愿。

这真令人沮丧。

王敏腾倒是秉持着一贯的作风，不论贾向征如何煽动公共舆论，他硬是保持沉默。

王敏腾很清楚贾向征把"公众"看作是他自己的主场，因此不论贾向征如何在"主场"发出邀请或挑衅，他都不回应。

不回应当然不等于没作为。

不久，贾向征夫妻在美国的两处豪宅无缘无故曝光，且曝光的过程相当离奇。

根据网络上被转发最多次的一条英语新闻的陈述，在好莱坞有许多明星居住的某个高尚住宅区，经匿名电话投诉某栋豪宅涉嫌虐狗。

一条两岁的柯基被拴在院子里三天三夜没人理，饿得奄奄一息。

洛杉矶警方为此出动了一个纵队的警察最后动用了直升机才把屁股都饿瘦了的柯基从没人的豪宅里营救出来。

当柯基经过兽医的会诊，终于艰难地睁开眼睛，伸出舌头开始喝水的时候，欢呼声响彻千家万户，又经视频传播从美国西海岸到中国的各大视频网站，"直升机营救柯基"一时还成了微博热搜。

经警察追究虐狗事件，曝光了那栋豪宅的业主正是中国著名导演贾向征。

在之后陆续流传的新闻中，还原出的真相是这样的：受雇于贾向征夫妇做打扫的一位清洁女工，同时在当地兼职帮其他人家遛狗。

女工按要求每两周去贾向征空置的豪宅中打扫一次，当天正值该女工例行要去贾家掸土。

和平常一样，她安排好时间，打算遛完狗再去贾府。

遛狗遛到一半的时候，前一天跟她吵架没吵痛快的男朋友找到她打算继续吵架。

清洁女工为方便吵架，把正在遛的那条柯基就近放在了贾向征家的院子里。

这位女士最初的想法是吵架半小时之后再返回打扫兼接狗，哪知世事无常，这对小情侣吵到一半就和好了。

可能是两个人都觉得随便和好不够解气，就借势又拐到男方的住处"嘿咻"了一通。

至此清洁女工也没有产生任何担忧，无非就是让柯基犬再多等半小时。雇用她遛狗的都是老主顾，她对所有狗都视为己狗，所以看起来不像会有任何潜在风险。

况且反正贾府没人，她只要当天完成打扫任务即可。

哪知，那位主导了吵架、和好跟求欢的男青年，为了进一步向女朋友示爱，在欢愉之后献上了女朋友最喜欢的水果——樱桃。

事情发展到这一步，也没有人意识到一桩漂洋过海传到中国的新闻发生在即。

清洁女工表示要回去做清扫和接狗，没时间吃樱桃。刚欢愉完的男青年心情大好特别殷勤，赶忙把樱桃丢进榨汁机，给女朋友榨了一杯爱的樱桃汁。

几分钟之后，独自返回工作岗位的清洁女工晕倒在马路边，被好心的路人送去了急诊室进行抢救。

据说三天之后清洁女工醒过来喊出来的第一个名字不是她男朋友的名字 Josh，而是柯基的名字 Jinger。

可见在她内心深处并没有打算玩忽职守。

致使清洁女工晕厥的原因说起来更像是一个剧情片里面会出现的戏剧性场面。

律师排除了男青年蓄意投毒的可能，但专家的参与证明了清洁女工的中毒确实是该男青年直接导致的结果。

原来，求好心切的男朋友忽略了一个常识：据说樱桃核含有氰苷这种物质，氰苷进入到胃之后，会和胃酸发生反应，反应之后会释放出氢氰酸，是一种搞不好可能致命的剧毒。

所以，吃樱桃不会致命，樱桃榨汁也不会致命，但连核一起榨汁就难说了。

天底下的事真是盘根错节。

这么一桩看起来远在异国的、由情感事件引发的小意外，竟然成了导致贾向征公关失败的导火线。

在被疯传的视频中，被议论的除了在兽医院经抢救才挽回生命的可怜的柯基、在医院经过抢救才挽回生命的可怜的清洁女工、被指控误伤女友的面临罚则的可怜的美国男青年之外，还有就是该豪宅的业主——中国著名导演贾向征和他那位伪名媛夫人。

也正是因为这个人物关系，那条视频在中国又被再次疯转。

豪宅的曝光让贾太太哭穷的谎言不攻自破，她自作聪明地又给自己加戏，找了个记者采访她，想借媒体的嘴继续编瞎话。

在那段贾太太自行主导的视频采访中她声泪俱下，说那个好莱坞房产的存在主要是因为王敏腾好几部戏都克扣贾向征导演的报酬，最后实在不得已，随便找了个房子抵给他们的。

"你们不要被视频误导，哪里有什么豪宅，就是一个普普通通的破房子，在 L. A. 随便一个工薪阶层也住得起。那就是某些人剥削我们的结果。"

"我们家贾老师就是老实，老实人就是容易被人欺负。"

贾太太对围观群众之前对她的支持过度自信了，这段画蛇添足的采访之后，没多久就有人扒出了那栋房子的细节，包括所在位置、占地面积、几年前交易时的价格和目前的估值等等。

于是贾太太的微博留言区的画风立刻发生了变化。

获得点赞最多的集中在以下两条：

"同属工薪阶层，求剥削！"

"我也是老实人，坐等被欺负！"

又有人顺着线索扒出了贾向征夫妇在美国东岸纽约市的中央公园附近还有一套价值一千多万美金的公寓。

与此同时，关于贾向征逃税的传闻也甚嚣尘上。

舆论导向开始变成"贾向征导演把该给祖国交税的钱都交给了地下钱庄"。

当然不能因此就推论说跟贾向征有关的负面新闻都是王敏腾操

持的结果。

至少我不相信他能控制一个美国的清洁女工不惜冒着生命危险上演人狗双双命悬一线的场景。

但至于说贾向征逃税和通过地下钱庄转移资产的问题，就很难和他逃开干系了。

过了很久之后，在百度搜贾向征的名字，都还会自动关联出三个关键词：虐狗、樱桃有毒和地下钱庄。

闹得最厉害的那阵子，小榕给我看过一个视频，那个短片名字是《另一条狗的使命》，把贾向征那一阵子的丑闻跟电影《一条狗的使命》混剪在一起，字幕写得犀利又幽默。

我让小榕想办法找到了那个做短片的男孩，在看了他其他作品之后把他签进了我们的编剧团队。

原本打算投我们公司的那个基金肯定没想到，由于他们的介入，一个在行业内有着十几年历史的老牌公司眼看面临分崩离析。

而贾向征和王敏腾这两位合作了十几年、一度几乎是"中国式好兄弟"的代表人物，也迅速地走向翻脸的不归路。

我相信投资人肯定不希望看到这样的局面，但至于代表投资人的那两个 GP 就不好说了。

在投资方正式展开尽职调查之际，贾向征忽然提出了一个新的股权方案。

在那个方案当中，他提议他不再以自然人的方式持股，而是以他新注册的公司"向征梦马影业"作为股东，那个公司除了他之外还有将近十个知名艺人。

当然了，那个公司他占 **80%**，是绝对的大股东。但，有了这十个艺人，贾向征提出"向征梦马影业"在目前公司所占的股权必须高于之前他作为个人持有的比例。

贾向征在公司例会上宣告了他的方案，之后他说："以我个人在行业里的影响力，再加上那几位艺人能带来的资源和影响力，我们'向征梦马影业'的估值已经能超过现在的公司了。不过我这个人嘛，就是重情，既然这个公司是我拉扯大的，我也愿意继续跟各位共襄盛举。"

王敏腾当然不是坐以待毙的等闲之辈。

针对贾向征的提议，王敏腾迅速亮出了他的对策。

在大概两三年之前，王敏腾让我注册了一家由他全部出资的文化公司。之后所有版权购买都是跟这家文化公司签约。也就是说，我们公司只有制作权，而所谓的 IP 储备都在王敏腾的这家文化公司。

对此他也没有蓄意向贾向征隐瞒，只是贾向征那几年都忙于声色犬马，在他的语境里，大概值钱的都是明星，因此他没有特别在意"内容"这两个字。

自从那家公司注册完成之后，王敏腾就特别嘱咐过我，所有公司签的版权，都要先签进那家文化公司，再由他的文化公司授权我们制作，有些比较抢手的内容还签得非常苛刻，要求在一两年之内无法进入制作的，版权归属就直接回到签约方，并且签约方有再买卖的权利。

在贾向征以明星加棒提出增持股权的时候，王敏腾列出了他的文化公司拥有的 IP 以及这些 IP 价值的评估。

换句话说，如果贾向征想要更多股权，王敏腾就会切断内容和制作的关联，用他在会上的原话："公司的未来，很可能墙上又挂了更多明星的照片，但瞬间陷入内容荒。"

这太有意思了。

十几年前，在这两个人成立这家公司的合作之初，本来是贾向征负责内容，王敏腾负责找资源和谈演员。

十几年之后，当面临巨大的利益分配时，两个人竟然不知不觉调换了撒手锏。

公司的内部斗争进入白热化阶段，两个创始人都觉得自己的资源更值钱，不仅如此，他们还分别又给自己加码，贾向征在他的明星行列中增加了两个写穿越文的当红网络作者，王敏腾则宣布他将把文化公司的部分干股赠送给两位好莱坞明星。两个人用行动说出了一样的潜台词："你有的我也能随便拥有，而且我有的还要略胜一筹。"

就在这个剑拔弩张的时刻，准备投我们的基金忽然出了些问题。
喜欢吹嘘的屠先生和热衷追星的 Gina 好像忽然从这个世界上消

失了一样再也没有出现过。

　　总有一些事端的发生会让另外一些事端结束。

　　就像好莱坞的一只柯基揭穿了贾太太的谎言一样，更高层的变故终结了一个知名导演和一个金牌制作人的斗争。

　　合作了十几年曾经固若金汤的组合以反目告终，他们之间的戏码，比他们合作过的任何一部戏还跌宕起伏。

四

再次回溯一下那一年吧。

我被迫卷进公司的利益争夺大战，在很短的时间里见识了种种人性的贪与恶。

那段日子真是孤独而绝望。

成年人的孤独是在自己的生活中已经找不到值得尊重的人。

成年人的绝望是当你以为自己已经在人生的低谷时，一定会发生一些更糟的情况向你证明"低谷"是如何一望无际。

在看了小榕给我的那个关于冻卵的大纲之后，我受到启发，不久后，在王敏腾让我休假的那几天，我去一家医院咨询冷冻卵子的问题。

见到医生之前，我已经忍不住把"冷冻卵子"畅想成自我拯救的重要手段，像徐静蕾在采访中说的"好像给自己买个保险"。

在等待三小时问诊三分钟之后，我除了被医生羞辱了一通之外，一无所获。

"结婚了吗?"这是医生的第一个问题。

"还没有。"我回答。

"那来干什么啊?"大夫说这句的时候抬起头看了我一眼，好像在努力忍耐他的不耐烦，"你们知不知道，在国内，未婚女性存卵子是不合法的?"

我下意识地先摇了摇头，又回头看了看，问诊室只有我一个人，我不知道他为什么用"你们"这个人称代词。

"不合法? 这几年，媒体上不是一直有这个话题讨论吗?"

"哎哟，媒体说的话好相信的伐?"医生不屑道。

"但确实，有人说做了啊。"我锲而不舍。

"谁说的?"

"嗯，一个知名演员。"

"你们这些人就是这样，一下子又是听媒体说的咯，一下子又哪个演员做过啦，演员有的钞票侬有的伐?"

"大夫，我们先不谈钱的问题。"

"那谈什么? 钱不能谈，结婚证侬又没有! 咯么谁讲的你去找谁好嘞。"大夫用带着浓重上海口音的普通话揶揄说。

大概看我实在太尴尬，他努力地让自己语气略微缓和了一些，说:"你们这些人，就是道听途说。我跟你讲哦，不要说未婚女性冷冻卵子不合法，就算你今天已婚，带着结婚证放在这里，我也不会主张大龄女性冷冻卵子。先不讲三十五岁之后卵子的质量。你要搞清楚，目前在全世界，冷冻技术最过关的第一是精子，第二是受精卵，最后才是卵子。原因是什么呢？咯么卵子内的纺锤体是很怕低温冷冻的，严格地讲目前这项技术还未完全过关，亚洲最强的是日本的一家医院，国内的话，我们在这个领域也是非常权威的。太多不懂行的人动不动讲冻卵冻卵，应该要讲讲清楚，是冻'受精卵'好伐？未受精的卵子冻来干什么啦？这两年民间忽然出现很多声音在鼓吹冻卵，是什么目的我是不好评价的。结果就是像你们这些无知女性开始蠢蠢欲动。作为这个领域的权威，我很负责地告诉你，'冻卵'首先要结婚！并且除非你是肿瘤患者前面就死路一条了，否则就算你结婚了，医生也会建议你冷冻受精卵。你要说你就是有钱有闲，非要跑到其他国家去搞也不是不行，但对不起，国内没有，我们不做！"

医生越说越激动，音量越来越失控，说到"我们不做"这四个字的时候基本是在"怒吼"了。

吼完，医生就低下头像写天书一样在一张白纸上快速地写写画画。仿佛给我普及常识让他身心俱疲，他需要用忽略我来快速补充一下能量。

我识相地赶紧拿了自己的病历致谢和告退。

等从问诊室走出来，我在候诊的区域停下来，不知道为什么，猛地有种缺氧的感觉。

我站在那儿愣了一阵，刚才不敢当着医生的面为自己争辩的话此刻从心头成群结队地挤出来。

是的，我三十五岁了还没结婚。

　　所以按照法律规定我连给自己多留一种选择的机会也没有了吗？

　　从什么时候开始，大龄未婚成了女性被歧视的重要理由？

　　为什么一个专业的医生可以大喇喇地把他的瞧不起放在脸上，放在语气中变成训斥喷出来？

　　难道未婚给社会造成了什么危害让人心存忌惮吗？

　　难道包括我在内的这些未婚的女性人群不一样是优秀的纳税人在用自己的勤奋工作为这个社会做贡献吗？

　　像我这样一个三十五岁的未婚的女性，每周工作六天每天工作超过十个小时。由我带队制作的剧集加起来有几百个小时，那些剧集打发了多少人的无聊时光？再看看我为那些剧集拿到的有限的报酬，难道我不算是一个为维持社会稳定团结做出过积极贡献的女性？

　　为什么我要在这儿经历这种羞辱？

　　比起一个连跟病人说话都无法保持基本教养的庸医，我难道不才是应该被尊重的那一方？

　　一边愤懑着，一边想到刚才那个医生关于"三十五岁"的悲观评价，我忽然一阵绝望，也不管旁边熙熙攘攘的候诊的病人和忙碌的医务人员，就站在那儿抽泣起来。

　　我抽泣了三十几秒之后，有一个陌生女性走过来揽着我的肩膀，像个妈妈一样拍拍我的头发试图安慰我。

　　我的委屈被这个安慰激发出来，索性放声哭出来。接着，更多的陌生女性围过来，没有人像看热闹一样打听"怎么了"。

　　大家只是安静地把我围在中间，有人低声说"没事，一定还会有别的办法"，有人跟着抽泣起来。

那个人群越来越庞大，占据了整个的候诊区域。

抽泣声和劝慰的低语叠加在一起，像巴赫时代的复调，用尽量的克制诉说着一种冗长的不容易。

有幸生在和平年代，"苦难"的意思也就是这个样子了吧。

我被一群受到生育问题困扰的女性安慰并包围着，我们站在那儿哭了将近十分钟，最后被护士高声断喝着骂散了。

哭累了回家的晚上，我在家无聊地一边看剧一边刷朋友圈，看到一个以前合作过的演员秀他辟谷①前后的变化。

大概因为那个变化确实特别显著，我闲着没事，就发微信问他。

他很快回了微信，热情地跟我分享了他的心得，并且相当积极地把协助他辟谷的中医大夫的微信推送给我。

"艺姐，你一定要试试，我跟你说我本来就觉得我一个演员，是吧，我得体验生活对不对？那我是不是应该体验一下瘦子的生活呢？那么问题就来了，我怎么才能体验一个瘦子的生活？这是个问题。问题的答案就是你得变成一个瘦子对吧？所以我跟你说吧艺姐，这次辟谷它不在减肥，那简直就像接了一部好戏，我还是唯一的男一

---

① 辟谷，源自道家养生中的"不食五谷"，是古人常用的一种养生方法。近来也被现代人所效仿，认为可以通过不吃五谷，排除体内积秽，改善人体内环境，提高免疫力。——编者注

号每天演独角戏，眼看着自己脱胎换骨!"

那个演员一贯说话比较夸张，所以我也没有立刻被他煽动，但那天晚上我失眠了。

对于一个像我这样的工作狂来说，最可怕的不是忙，最可怕的是如果不让我忙工作，我不知道要干吗。

为了找一件具体可做的事，我第二天醒来联络了那位中医，选择了在家辟谷。

令我意外的是，那几天的辟谷，竟然把我从坏情绪当中拯救了出来，以一种奇特的方式。

简单地说，尽管那位中医用他的专业知识让我在不吃不喝也没有饥饿感的情况下存活了几天，但，不饿不等于不馋。

因为辟谷，我对世界的诉求回到了最原始的层面，就是无时不刻都忍不住地想到食物。

我好像在那几天里才意识到原来食物在我的生命中扮演着如此重要的角色，而我竟然一直都疏于感谢它们对不断满足我的食欲而持续做出的贡献。

是啊，这个世界上根本没有任何理所应当的存在。

比如食物。在过去三十几年里，它们环绕在我周围，或触手可及，或付钱换取，甚至点开软件选取。

我对所有出现在我面前被我吃下去的食物都是那么的心安理得，好像它们到这个世界上就是为了死在我嘴里，变成我的一部分或者经过我的肠胃筛选被我无情地排出体外。

我没有缺乏过食物，因而我没有在意过食物。

"在意食物"和"喜欢美食"是两个层面的事儿，前者是一种觉知，后者是欲望的变体。

因而辟谷，就是一个唤醒原始觉知的过程。

我从来没有想过，以自己三十五岁的高龄，会像一个忽然回到解放前的饥饿的儿童一样无时不刻地都在渴望食物。

并且，那个渴望的路径没什么逻辑。我会忽然想起小时候在老家每天都吃的饸面馒头，想起小时候逢年过节我爸妈带我去济南才能吃到的锅包肉，想起那年去戛纳电影节在临海的街边小店吃过的一张简朴极了的 pizza，想起在公司加班的时候小榕他们经常叫外卖送来的酸辣粉，想起一个合作过的台湾演员给剧组带来的凤梨酥，想起每次去东京出差都会在新干线车站买的那种带着一点点咸味的水煮蛋。

为了研究那个水煮蛋为什么每一个溏心都居中，我还在日本买了一个专门可以煮出"溏心居中"水煮蛋的煮蛋器。

奇怪，出现在我心心念念的食物名单里的并没有特别豪华的菜式。

我想念的，都是一些朴实的、默默无闻的、司空见惯的东西，它们普通到平时不会被想起，好像它们永远都在那儿，一辈子也不会失去。

这些对食物的回忆在我馋到奄奄一息的时候转化成各种感恩之心：感恩给我安稳童年生活的父母家人，感恩让我不断出成绩的优秀的工作团队，感恩我自己一贯拼命工作，可以拥有想吃什么吃什么的自由。

我在这种馋和感恩交织的内心循环中对自己最近的遭遇释怀了。

原来，安稳的人生，不过就是想吃什么的时候能吃到什么，要紧的是，在吃什么的时候心存觉知。

几年前有一个剧的投资人来跟我开会，说到激动之处，他没把自己当外人地讲了一段他被捕入狱的过程。

我记得在他感慨牢狱之灾给他带来的重要觉悟时我还有点晃神，心想如果需要这么大动静才能觉悟，那此生不觉悟也罢。

等到辟谷临近结束的那天想到这个场景，对照自己那几天的内心变化，我的结论是：有些重大的人生觉悟，不用坐牢，辟谷就行。

就是这样，当我颤颤巍巍完成辟谷回到随时都能吃东西的世界里之后，我又成了对什么都不太计较的"笑着活下去"的女性。

五

这并不是故事的全部。这一年之所以难忘，是因为在经历了人生的低谷又低谷之后，我遇见了伍锦程。那一场不期而遇，一度让我认为，我真的懂了"真爱"的意义。

伍锦程出现在投资人正式开始对我们公司进行尽职调查的阶段。

也许是王敏腾对贾太太和那位 GP 屠先生过于密切的关系产生了疑虑，在他的倡议之下，投资人派来了伍锦程。

伍锦程不像那阵子我见过的大部分金融圈的人那么浮夸和自命不凡。

自打我们这个行业和金融界密切勾搭起来之后，行业中滥竽充数的混子成了主流。到处是竭泽而渔揠苗助长的事迹，像集体吃了春药一样，亢奋在顾不得相信未来的迷幻之中。

作为一个代表资本的人，伍锦程对内容本身和内容的质量表现出了足够的重视。

当然他并不是不识时务标榜清高的愤青。

伍锦程第一次来我们公司开会的时候，不知道贾向征是为了来个下马威还是想要进行又一轮的"圈地盘运动"，总之他又忍不住先用了半个小时说了一个看似慷慨激昂实际外厉内荏的开场白。

在贾向征口若悬河的开场白中，他先批评了时下流行的网剧并特别指明地批评了穿越剧，接着他又端起泰斗的架子批评了小鲜肉的没演技和高片酬，最后拿着姿态说，像他这样一个真正的艺术家，其实是相当蔑视资本的。

"我贾向征从业这么多年，穷的富的，什么人没见过，然而我作为一个艺术家，不党不群。多少人捧着钱想请我，我这种人是随便被钱打动的吗？非也。咱们要弄清楚啊，现在的情况是资本需要我们，不是我们需要资本。我们自己就是资本！"
说完他使劲往后一靠，等着大家给他鼓掌。

伍锦程在众人的掌声之后先简单扼要地介绍了一番投资人的背景和为什么要投我们的公司，接着他又用同样简单扼要的说明方式阐述了接下来的时间推进和未来的预期。
在说完这些之后，他又针对贾向征刚才的批评逐一做了他的回应。

"个人看来，不必抵制流行。流行本身没有任何问题，很多传世佳作在当时都相当流行。从莎士比亚到《红楼梦》，谁会因为当时是流行的就低估它们的价值。所以问题不在于是不是流行，问题在于它为什么流行。

"穿越剧也没有问题，《牡丹亭》就是穿越剧，至今它还是经典之作。穿越和肤浅不应当画等号，重要的还是看创作的人用穿越要表达什么。至少汤显祖透过《牡丹亭》对女性和自由表达的同情，放在四百年之后的今天还是照样感人至深。

"'小鲜肉'既不是唯一的既得利益者，也不是制度的制定者。如果这个行业从业的人都认为这是一个严重的问题，那就要从制度下手，而不是针对某几个人。

"资本当然重要，否则各位也不需要我坐在这儿了。但资本不是来绑架大家的，资本是如虎添翼的翼——前提是各位都是行业内的'大王'。"

他说完，又用带案例的陈述解说了几种资本跟内容紧密结合能制造出的可能。

本来贾向征对于伍锦程当场反驳了他的观点已经掩饰不住地面露不悦，但在听伍锦程叙述举例的时候，他的抬头纹和法令纹的放松暴露了他的向往。

伍锦程不卑不亢有理有据的陈述中表达出了对资本的"神圣感"。

那是在各个行业中都严重缺乏的一种珍贵的态度。

是的，神圣感。

我在目睹了这一幕之后，心里产生了一种跟工作无关的感觉。

那感觉吓了我自己一跳。

趁会议开到一半茶歇的时候，我赶忙到楼下面包店吃了一个玉桂卷，生怕那种忽然就在心里扎根的类似"倾慕"的感觉，是前一阵辟谷饿出来的。

吃完玉桂卷，我端着咖啡望向窗外。

北京的天，和大部分时间一样，把行色匆匆的路人和雾霾笼罩在轻度的抑郁里。

我对着雾霾和它制造的轻度的抑郁有点感慨，原来，我早已忘了还有"倾慕"这样的美好的清澈的感受。

一个人要引起关注甚至忌妒，是何等的容易。

一个人要令人倾慕，是多么困难的事。

从什么时候开始，我们的禁忌越来越少。

我们跟没见过面的人互相称"亲爱的"，我们被迫窥视和被窥视一些完全不熟的人的生活，我们随意就发表着一时兴起的论点，我们的爱恨因为禁忌越来越少论点越来越随意而显得那么乏味。

我在一本书里看到这样的话：

"当女人不懂爱情，男人不知风骨，就算江山如此多娇，也照样满目荒芜。"

的确，大部分时候，雾霾加剧了眼前的荒芜，也或者，因为男人的风骨越来越少，女人才越来越不懂爱情，或，这两者之间形成了彼此一损俱损的恶性循环。

正想着，伍锦程出现在我不远处。在办公场合，我好像从来也没有仔细打量过他，此刻他站在我面前窗外的马路边，我忽然想到"站有站相"这个词。

对一个成年人来说，"站有站相"意味着对自己足够有要求。

我从来也不反对"以貌取人"，因为大部分成年人的外表都暴露着他们的内心。

看起来四十出头的伍锦程谈吐端正和得体，正如他外表的端正和得体。

我正看着，小榕也出现在我的视线中，她拿着一个文件夹递给伍锦程，然后问了句什么，接下来，他们对话了一阵。伍锦程对小榕的专注和他刚才面对贾向征的专注没有什么差别，他的表情里没有特别的情绪，也没有特别的成见，好像他出现在那儿，就是为了安抚我们已经习惯的焦虑。

等小榕转身走后，伍锦程也离开了，他离开之前回头向我的方向看了一眼，我赶紧把目光转回咖啡。

那个傍晚，我体会到一种久违的心跳加速。有多少年，我都没有过只是差点跟一个人对视就心跳加速的感受了。

第二次跟伍锦程见面是在办公室之外，那天我被王敏腾指派跟一个准一线的艺人谈我们公司的一部戏。

那个故事是从海外买的版权，是公司接下来的重头戏。

说实在的，那个项目并不适合那位姓陶的艺人，然而当时正值贾向征和夫人列出了一排明星股东，并提出公司的好项目合作方要有优先权。

在会上讨论贾向征带来的那些明星所占的股权问题，伍锦程提出说明星的影响力换成股权的确是双赢的局面，明星可以借助资本在行业里走得更稳更持久，但具体股权要取决于对明星的客观评估以及明星在未来能给公司带来哪些实际的资源。

基于这样的一个前提，贾向征约那位陶姓明星跟我和伍锦程分别见面。

我跟伍锦程按照约定的时间前后相差一个小时到了开会的地方。

由于当红的陶先生迟到了一个小时，所以伍锦程比他到得还早。

那天我们约在丽兹·卡尔顿的大堂吧，伍锦程落座后，那位陶先生才终于出现了。

伍锦程起身在几米之外另外找了一个地方坐下，想让我按计划先跟这位艺人单独谈剧本。

陶先生的做派是非常典型的"当红艺人做派"，除了身后跟着几个工作人员之外，还有两个说是等候采访他的记者在旁边候着。

"说吧，你们什么想法。"陶艺人没有任何开场白，坐在我对面之后就开始抖腿，他身后的工作人员也是个个都黑着脸，典型的"小人得志鸡犬升天"的模样。我在这个行业十几年，对这种画面早已见怪不怪。

"我这纯粹是给老贾面子。"陶艺人没等我接话就兀自说道。他说话的时候摘了口罩但依旧戴着墨镜,其音量之大恨不得能盖过十米之外角落里的钢琴伴奏。

在说完这两句话之后他就开始接电话,在接电话的时候不仅抖腿还左顾右盼,他的肢体动作配合他扰民级别的音量让整个大堂吧在他出现之后就好像地震了一样,进入一种人心惶惶的天灾感之中。

"刚说到哪儿了?"

这是陶艺人对我说的第三句话。在他到达之后的二十分钟里,他一共就跟我说了这三句话,其他的时间他都在抖着腿大声讲电话。

在他接第四个电话的时候,我看向伍锦程的方向,发现他也在看我,我们隔着几张桌子对了一下眼神,我心领神会,站起来走向他,我们一起离开了那个现场。

几个月之后,陶姓艺人因涉嫌吸毒被抓了。

说实在的我一点也不意外。

那天我和伍锦程离开丽兹·卡尔顿的大堂吧到二楼的酒廊坐了一阵,我本来以为只是随便寒暄一下,结果我们聊了整整一下午。

我一直记得他的开场白。

"想不到你的工作，这么辛苦。希望资本的介入能给你更高的平台，把能量用在更有意义的事情上。"

如果不是被这样说起，连我自己都忘了，我的工作，这么辛苦。

就这样，我心底属于女性的委屈被调动起来，我赶紧暗自把这个情绪压了压，试图再次把它归咎于辟谷。

"我看了你做的项目计划书，印象非常深刻。本来那天在你们公司开会，我想找你聊一聊，转脸你不见了。我到楼下去买咖啡，看到你特别认真地在吃面包，"他说到这笑了笑，"你知道吗，我很久没有见过一个成人那么认真地吃东西了，所以就没有去打扰你。"

我也笑了笑，心想，天下没有无缘无故的认真。

伍锦程又接着说："人的至高境界就是做什么事都专注，而且，一个专注的人是值得信赖的。"

接着伍锦程帮我梳理了一下公司可能的发展，必须承认，在短短的见面中，他帮我建立的是一个对行业更有"远见"的视角。

我喜欢他的表达方式，他没有试图用任何一个行业名词去显示他的专业。他像各个行业里那种真正资深和热爱自己行业的人一样具备"深入浅出"的能力。

那之后，我们经常会一起谈工作，每次都是跟团队一起。他并没有影视行业的从业经验，但他给的建议竟然总是能快速地直击重点，抓到所谓的"高概念"。且表述方式非常温和，仿佛他只是一个引导者，而那些结论是在他的协助之下我们自己获得的。

很少人能在高智商的前提之下放下自大表现出高情商。

是谁说的来着，所谓的情商高不过是教养更好一些罢了。

伍锦程就是那样，他专业、高智商、有教养，我心里的倾慕在跟他交集的过程中与日俱增，我很珍惜那种感觉，我也很珍惜像是"配套"出现的克制。

那真是一段美好的时光，我遇见一个值得倾慕的人，因此重温着属于人性美德的"克制"。

就在我陷入倾慕和克制的两难境地开始露出日渐消瘦的苗头时，一天工作会议之后，伍锦程发微信问我那个周六的上午有没有空一起吃早午餐。

我以为是项目讨论，就问他需要带谁参加，他问："只有你跟我，可以吗？"

我隔了二十分钟才回复说："当然。"

那二十分钟不是故作姿态，而是，他突如其来的邀约吓了我一跳。

我不是一个喜欢做白日梦的人，最近的十年我只做过两个白日梦，一个是我操盘的电影在东京电影节获得最佳影片，另一个白日梦就关于伍锦程，那个梦非常克制地仅限于我们还有继续见面的可能。

到那个周六上午，我跟伍锦程如约见面。

前半个小时，我们像往常一样谈跟工作有关的内容。

他说了一些他对公司内部组织结构的看法，大概的意思是说，目前公司最大的问题是"头重脚轻"，两个创始人过于强势垄断资源，但同时作品产出率明显下降，负责业务的中高层不够，较低执行层面的人员人数太多、相对专业较弱、流动率太高。

"所以其实你的角色非常重要，"伍锦程说，"未来，你不介意的话，我很愿意帮你做一些梳理。只是不知道，我们还有没有机会见面。"

"为什么这么说？"我诧异地问。

"因为基金这边更高层的事务变故，所以，我们上周决定先暂停跟你们的合作，下周一我们会正式公布这件事。"

"哦。"不知道为什么，我听完反而觉得松一口气。

伍锦程向服务生要了一瓶 Dom pérignon①。

"好像应该有好事庆祝的时候才喝香槟。"他脸上挂着歉意的表情。

"说不定就是好事。"我笑说。

"嗯，"他也笑着说，"我昨天刚好看到一句话，'不存在 good luck（好运）或 bad luck（坏运），是人自己的气场决定了 luck（运气）'。"

说完，他又换了比较严肃的语气继续道："其实，严谨地说，我不应该先于基金的最终公告跟你说这个决定，但一方面经过这段时间的合作，我看得出你是一个极有分寸且守口如瓶的人——对女人

---

① Dom pérignon，一般译作"唐·佩里侬"，是法国顶极香槟，俗称"香槟王"。——编者注

来说，'分寸'和'守口如瓶'都是越来越稀缺的优点。另外，私人层面的理由是，周一我就要去香港跟基金的LP①开会，有几个项目需要推进，大概要停留十天，我不想等那时候再说。"

说到这儿，伍锦程端起酒杯示意了一下，我们碰了杯，他喝完杯子里的香槟，好像脸一下子红了，有点局促地说："李艺，如果你不介意的话，我想说一点工作之外的话题；如果，你介意的话，请随时打断我。"

然后他盯着香槟杯看了一阵才又说："我今年，四十一岁，很久以来，我都有点害怕'期待'，还好也没有什么事特别值得期待，但这两天，不知道为什么，我有点期待我们的见面。那么，我想，假如，不唐突的话，在这个工作结束之后，我们是否还能继续见面？"

我愣在那儿，因为画面超出了我的预期，因此我像被定格了一样不知道怎么回答。

正在这时候，我的司机忽然出现了，重点是，跟他一起来的还有我妈。

"抱歉李小姐，阿姨说打电话找不到您，就打给我了，我打电话给您您也没接，我跟阿姨说刚才送您来的这儿，她就让我把她送过来了。"

我把扣在桌面上的电话拿起来看了一眼，果然有好几个我妈妈

---

① LP，Limited Partner，即有限合伙人，与GP（普通合伙人）相对应，指普通合伙中的出资人、隐名合伙中的出名合伙人和有限责任合伙中的无限责任合伙人的统称。——编者注

的未接来电和司机的未接来电。

我妈这时已冲到我面前抱怨说："你怎么不接电话？我快急死了，你得帮我看看这个理财产品咱们到底买不买啊？两点之前必须决定，看把我急的！"

我妈妈大部分的热情都在理财项目，所以她也没管有陌生人在场，坐下来拽着我看银行的人发给她的短信。

"我帮您看看吧。"伍锦程语气愉悦地说。

我赶紧帮他们做了简短的介绍，我妈妈也没有客气，立刻丢开我转向伍锦程。

任何时候，一个对老年人特别有耐心的男人都是非常有魅力的。

我看着眼前的这幅画面，伍锦程身体前倾，注视着我的妈妈，用他一贯的温和，面带笑容措词易懂地帮我妈妈梳理着她特别在意的那些问题。

我独自喝了一杯香槟，香槟很凉，可不知为什么，喝下去胃里很暖，那碎碎念一样的气泡和我的心跳融化在一起，我好想伴着酒把眼前这幅画面喝下去，让它从此长在我的记忆里。

我妈妈在弄清楚她不到四位数的得失之后，忽然想起什么似的猛然问道："伍先生啊，您结婚了没？"

"妈！"我尴尬地赶紧打断她。

全中国家里有一位年过三十还待字闺中的女儿的妈妈一定理解我妈这种焦虑。

"没关系的,小艺。"伍锦程笑说。

这是伍锦程第一次称我为"小艺",我被香槟带上头一阵晕眩,之后任由这场对话失控地进行了下去。

"不好意思啊阿姨,我离异。"伍锦程笑说。

我妈立刻兴致高昂地追问了伍锦程的籍贯、属相、学历、经历和未来的打算。

我尴尬地又坚持了十分钟,眼看我妈就要产生把我的手交到伍锦程手里的冲动了,赶忙找了个理由说公司有要紧的事找我加班,站起来硬把我妈拖着一起离开了那个被"香槟王"晕染的喜洋洋的对话现场。

周一进办公室,公司上下陷入两败俱伤不知所终的颓丧,贾太太不知是为了泄愤还是真找到了什么确凿证据,在财务室门口大声控诉,此前一直以沉默应万变的财务总监、王敏腾的小姨子也忽然爆发,办公区域成了两个中年妇女的对骂现场。

我溜了出来,去美容院躺了两个小时。

那之前我已经连续失眠了两晚,我对于自己在这样的年纪还会陷入为情所困的失眠感到很不可思议。

周二傍晚,我顺从于自己的决心,去了香港。

几个小时之后,我跟伍锦程约在奕居酒店楼上露天的酒廊见面。

"那天你跟我说，你害怕期待，我就是想告诉你，我也害怕期待。所以我来了，因为我不想再被期待折磨。"说完这句，我的眼泪忍不住掉下来。

"小艺，谢谢你，你真好，"伍锦程靠近我，握着我的手，用另外一只手擦了擦我脸上的眼泪，离很近看着我说，"我真担心太用力擦眼泪会把你脸上这几颗小雀斑擦掉，我好喜欢它们。"

我被他这句逗笑，接着又哭又笑反复了很多次。

"你相信一见钟情吗？在认识你之前，我从不相信这些。"
过了好些日子之后的一个雾霾散去的下午，伍锦程对我说。
在认识他之前，我也不信。
人的见识总是被自己的经历左右。
工作很久之后，我都对那些编剧们给我看的关于"一见钟情"的故事嗤之以鼻。

"不能因为不知道这两个人对对方的好感在哪儿，就把'一见钟情'当成捷径。"
这是我对他们的批评。
我执拗于这个偏见，直到我遇见伍锦程。

怎么形容那种感觉呢？
作为一个三十五岁的女性，我居然生平第一次有一种当"小女孩"的感觉。

从小到大，我都在一种略微"戒备"的氛围里生存——"戒备"是容不下"小女孩"这种生物的。

这种戒备在我成为一个北漂之后变本加厉。

尽管经过许多年的努力，我给自己在职场上写下了不错的成绩单，然而，付出的代价是，我被我自己装出来的戒备封锁了。

王朔写过一句台词：社会就是一帮人在那儿装，你不装，早被打出脑浆子了。

王朔说得没错。

很久以来，我都习惯于当一个很"装"的人，在我装出来的人生里，不能认输、不能任性、不能太信任也不能太分明、不能太暴露短板也不能太示范强项。

大概也是为了不被打出脑浆子吧，我把自己装进自己练就的硬壳里。

伍锦程给了我一个全新的氛围，在那里，我放下常年习惯的戒备，以三十五岁高龄，当上了"小女孩"。

我的心为此变得很柔软，上天给一个女人最大的恩赐，就是让她内心柔软。

我从来没有尝试过跟任何人形影不离超过一个月，连我父母在北京的居所都被我安排在车程需要十分钟的另外一个小区。

　　只有伍锦程，从我们成为男女朋友之后，那半年多，我们几乎每天都在一起。

　　"那你喜欢我什么？"我问他。

　　"我喜欢你有脑子。"他说。

　　"这样啊，我太失望了，"我调侃道，"我以为你是被我的美貌倾倒。"

　　"这倒也是真的，我没想到你身材那么好，以前都被你的穿着欺骗了。早知道是这样，我早就表白了。"

　　"哈哈，被你说得这么肤浅。"

　　"男人当然是看外表的，但有脑子的女人特别性感。我在华尔街实习的时候，有一个女上司，比我大将近十岁，我暗恋她整整一年。我太喜欢聪明的女人了，但我又不喜欢精明的女人。又聪明又不精明，特别少见，喏，你就是这样的。"他说完俯身亲吻了我。

　　我假装把他推开："哼，你给我老实交代你暗恋的女上司。"

　　"没有什么特别，就是我的一段单恋。那时候她偶尔会约我和他们夫妇一起吃饭，她是典型的'白左'，她先生是共和党，因此他们俩虽然非常相爱但常年政见不合，经常会吃着饭就吵起来，两个人好像现场辩论一样，精彩极了，我的词汇量因为他们俩的辩论增加了不少。那时候我就坚定地觉得，有脑子的女人真性感！当然咯，这种性感，也要有深度的男人才欣赏得来。"

　　"哼，你又趁机夸自己，别跑题，后来呢？"

　　"后来，我回国了啊，"伍锦程说着把我的头放在他腿上，抬手抚弄着我的头发说，"不知道为什么啊，从跟你第一次见面，我就觉得我应该要照顾你，保护你。你好像一个动画片儿里的小人儿，在一个凶险的环境里，四周豺狼虎豹，你像小红帽一样，皱着小眉头耸着小肩膀，顶着一脸小雀斑，每天要应对那么多又复杂又负面的事。我就想啊，我要抱着你，让你在我这儿，能放心地放松小眉头，专心吃你的小面包。"

"讨厌，被你说的我那么贪吃，而且，我哪有一脸雀斑。"我一边笑着说，忍不住感动到眼泪掉下来。

"又哭，你是不是知道你这样子特别性感，嗯?"他说着把手伸进我的衬衫里，"天哪，小艺，认识你之前，我都不相信天下真有这样的男女，以前看渡边淳一的小说，我不懂，这个作家靠什么风靡亚洲。不就是纵欲吗? 现在才明白，原来，'纵欲'根本不是一种态度，而是一种功能，只有遇见对的人，纵欲这种功能才会被开启。"

伍锦程说得对，遇见对的人，纵欲才会作为一种功能被开启。
也只有遇见对的人，才有机会走向更深的未知。
我们那半年的爱情，被伍锦程用一个美好的画面定格在承诺里。

那天我假装演贤淑，买了菜在伍锦程的住处煮饭，他在客厅忙着安装新买的投影。

伍锦程的家很像他这个人，简约但不简单，空间很大、非常有秩序，家具不多但每个单品都既考究又彼此呼应。是一种有主张且有包容的存在。

晚饭后，伍锦程说要放一部短片给我看。

"我打算投这个，不惜成本。"他笑着说。

那个投影打在客厅靠近落地窗的屋顶上，我仰着头，看到画面中出现我自己。

我惊讶地转头看伍锦程，他拿了一个靠垫放在我身边，笑说："认真看，帮我评估值不值得不惜成本。"

那是一个 PPT，是我从小到大的照片，音乐用的是我最喜欢的电影《被嫌弃的松子的一生》中女主角中谷美纪唱的那首童谣。

文件名叫《被宠爱的小艺的一生》，最后赫然出现了一排字幕：

主演：李艺。

出品人：伍锦程。

"大部分照片都是我跟你妈妈要的，你妈妈竟然真的对你保密了，真是可爱的妈妈，你们家的女人真不可思议，"伍锦程笑说，"看来未来丈母娘已经把我当儿子看了，李小艺你这个女儿的地位不保啊。"

我半躺在伍锦程放在我背后的靠垫上，一边擦眼泪一边笑着问他："你怎么想出来的？"

"嗯，为了骗你在我家躺下，我的确是费了点心思的，"他调笑道，接着假装夸张地递给我一张纸巾说，"现在你相信我做 PPT 不输你了吧。"

那真是一段美好的时光。

除了不断安排小惊喜，伍锦程几乎每周都会送我一件贵重的礼物，而他总是会想办法给那些礼物设置好一个有剧情的背景故事，让我接受起来没有那么多压力。

"女孩子要富养，像你这样内心丰富的女孩子特别应该富养。"
伍锦程说的。

而我不好意思告诉他，他是唯一一个频繁送我贵重礼物的男人。

"你送我这么多贵重的礼物，以后我们分手了，你会不会要回去
啊？"我逗他说。

"我会啊，"伍锦程一脸认真地回答，"我不仅会，我还要求必须
是你本人带着这些礼物一起给我回来！我不会让你跑掉的！"

"你以前谈恋爱，也会这样吗？"作为一个恋爱中的女人，有时
候我也会问这样的蠢问题。

"嗯，应该这么说，每一段感情，我都很珍惜，但作为一个投资
人，我的确会区别哪些是投项目，哪些是投股权。哈哈。"

"那我呢？"

"你啊？咱俩应该是联合创始人吧。"

在那个缱绻的周末，我们像认识之后的每个周末一样在他的家
里纵情声色。

到了下午，断续云雨到黄昏时分，伍锦程起身提议出去吃点东
西。我说好啊，就懒洋洋地转身去洗澡换衣服。

等我换好衣服出来，伍锦程靠在沙发里看书，忽然门铃响了。

"小艺你去看一下是不是外卖来了？"他说。

"不是说出去吃吗？"我问。

"我改主意了。"他笑着回答。

我去开了门，一时间不太看得懂眼前的情景。

门口并没有人，但对面的那户人家开着门，几束射灯打在客厅中央，照着那个客厅中央的几位乐手，看我开门，他们就开始了演奏。

伍锦程此刻已经走过来，从身后揽着我的腰，头靠在我的肩膀上，一只手从前面绕过来环绕着我说："上周你说让我陪你看日剧《四重奏》，我忙得没时间，可又觉得欠你的，所以我弄了个真正的四重奏，来补偿你。"

我咬了一下他的胳膊，笑说："我好想知道你怎么跟对门商量的。"

伍锦程转头亲了亲我的耳垂说："小艺，我把对面买下来了。有一次你说，你习惯要有自己的空间，可是我呢，也习惯每天都要见到你了，所以，我帮我们想了一个办法。"

我听了感动，回手挽着他的脖子说道："喂，我要是离不开你了怎么办？"

"那就不离开好不好？"伍锦程说完，从口袋里掏出一个首饰盒，打开，在我耳边说，"不如你嫁给我怎么样？"

我转头看他，他笑着在我耳边轻声说："我等演奏员走了再跪哈。"

说着，他把那枚 Harry Winston 的戒指戴在我左手的无名指上。

我完全没有想到，这种只有在影视剧和明星的朋友圈里看到的画面，竟然真的在我的人生中发生了。

而且，它是那么美，美得恰如其分，像琴弓下被演奏出的旋律，在共鸣的泛音列中，无限延绵出幸福会永恒的浪漫幻影。

六

之后的那个星期，伍锦程照例去香港开会。

我开始找设计师事务所讨论装修。

按照他离开北京时我们的计划，等他回来我们就去登记结婚。

伍锦程不在北京的那一周，我接到艾姐的电话。在电话的另一边，她说有好消息想跟我分享，我愉快地跟她说刚好我也有好消息想要跟她分享。艾姐说，那么择日不如撞日，我们今天一起喝下午茶如何。

一个小时之后，我跟艾姐见了面。

艾姐是我在医院里认识的陌生人，后来，我们一度成了无话不说的"闺密"。

好几个月之前的那天，我在陷入绝望之时去咨询冷冻卵子的可能性，在被医生语言羞辱了一通之后，我走出问诊室，也不管旁边熙熙攘攘的候诊的病人和忙碌的医务人员，就站在那儿抽泣起来。

　　我抽泣了三十几秒之后，有一个陌生女性走过来揽着我的肩膀，像个妈妈一样拍拍我的头发试图安慰我。

　　我的委屈被这个安慰激发出来，索性放声哭出来。接着，更多的陌生女性围过来，没有人像看热闹一样打听"怎么了"。

　　大家只是安静地把我围在中间，有人低声说"没事，一定还会有别的办法"，有人跟着抽泣起来。

　　那个人群越来越庞大，占据了整个的候诊区域。

　　那位"像个妈妈一样拍拍我的头发试图安慰我"的陌生女性，就是艾姐。

　　我们被医护人员骂散之后，艾姐陪我到医院附近的一家奶茶店坐了很久，也正是因为认识她，我才了解到原来我们的日常生活中，有那么一个庞大的人群，挣扎于"不孕不育"的问题。

　　那之前，我一直无知地以为到处可见的关于不孕不育的小广告，都是色情广告的变体。

　　艾姐不仅给我安慰，还带我见识了一个"组织"，在那个由多达百人的女性构成的人群中，大家像闹革命一样每天都以备战的心情交流着生育之道。

　　我参加过几次她们的聚会，简直被现场的氛围震慑到了。

　　那个场景很像我在美剧中看到的戒酒组织的聚会，每个人轮流分享自己的困境、决心和解决方案。

只不过，比起戒酒组织聚会中弥漫着的微醺的颓丧，这些分分钟都在准备当妈的女性们更有革命家的气概。

她们中的很多人都是一流的演说家，在做分享的时候有陈述有举例有总结，并且极具语言组织能力和情绪感染力。

这些人假使上电视在情感节目里现身说法，每个人都能成为合格的"人生导师"。

听艾姐说，那都是反复练习的结果：因为受孕不顺利，所以不停地励志。

她们中的大多数人都像宗教人士一样对陌生人非常有热情，我第一次去参加那个聚会的时候就被无数个姐妹握手拥抱，她们甚至在那天聚会结束之前把我围在中间合唱了一首《亲亲我的宝贝》。

她们不仅激励我不要气馁，还争先恐后提出了一系列不同方案的解决办法。

她们甚至有一个成型的方案，以 PPT 形式向我展示了从香港到曼谷乃至 L. A. 等各地区不孕不育的现状，每个地方的医疗水平、当地律法、性价比和不可抗力等都有清楚的对比。

这个人群具有的热情和专业，如果真的是一个宗教组织，我想我一定当场就成了她们的"教徒"。

我很佩服那个组织里的成员，因为她们每个人都经历过不同程度的折磨，然而她们能把自己的折磨变成经验，供更多的人参考和受鼓舞。

艾姐是这些人中年纪比较大和比较"资深"的，这就意味着，她经历的折磨也比其他人更深和更久一些。

她不太当众发言，但她在那个组织中很有威望。有人群集中的地方就难免有是非，尤其是女人集中的地方。艾姐像一个教主，会在适当的时候以适当的方式尽量平息那些是非。

她不像组织中的一些女性一样那么喜欢分享，她甚至不怎么发朋友圈，更不要说秀幸福或秀不幸福。

她对待一切都很含忍，我也没见过她丈夫，只是偶然听她在畅想未来的时候会淡淡地用"我先生和我"这种说法一带而过。

在之后一阵的密集交往中，我听艾姐说起一些她自己的经历。

艾姐以前是一个媒体集团负责销售的副总裁，随着纸媒的没落，那个媒体集团从最风光时有超过十本月刊到最后卖的卖砍的砍，只剩下三本在勉强经营。

艾姐在临离职之前做的最后努力是说服集团把勉强经营的一本奢侈品杂志卖给了一家房地产开发商。

那家地产商主要做高端商业地产，养这样一个期刊充门面性价比合理。那个开发商的老板喜欢附庸风雅，买了这个刊之后每期都自己写卷首语。

艾姐在辞职之前算是帮集团赚了最后一笔钱，同时帮这个刊做内容的小团队解决了继续就业的问题。

"所以，我的老板也待我不薄，我拿了像样的'退休金'，"她笑说，说完又补充道，"当然，我先生也从来没让我担心过钱。"

关于我的困境，艾姐帮我从各个层面做了分析，总体来说，她并不主张我冻卵，尽管在那个活跃的"组织"中有人提出有既合法又值得相信的境外医疗机构可以实施。

"如果不至于到绝境，我是不主张你去冻卵的。就算现在技术进步了，依旧要用取卵针在卵巢上穿刺，加负压把卵泡液抽进试管，不只是疼，是你不允许表达'疼'。况且在那之前还得打针，还要配合医生规定的时间表，上次你说，你觉得我们的那些姐妹们像'战士'，那是因为，大部分人的经历就好像'战争'啊。"

"艾姐，你为什么要做试管婴儿，我能问吗？"

"当然能，这也是我想跟你分享的。我在你这个年纪，也是工作狂，那时候好像我们媒体集团就等于全世界。结果，我把最好的年华给了纸媒，等纸媒没落，我也永久地错过了最佳生育期。以前我总觉得我忙，没时间，心理没准备好，一度我还认为我是个丁克。等有一天，有条件了，有时间了，也准备好想安心当妈妈了，然而，已经非常困难了。加上我先生长期工作忙碌，很长一段时间我们都聚少离多，自然怀孕越来越渺茫，只好选择做试管婴儿。"

"艾姐，你害怕吗？"

"害怕什么？"

"失败，我是说，怀孕失败。"

"你知道吗小艺，我已经不记得在这个过程中我经历过多少失败了。最痛苦的一次，是已经怀孕四个月又发现胎停育。为什么群里的人我几乎都认识，因为我最'资深'啊，几乎跟试管婴儿有关的每个环节的问题，我都亲身经历了一遍。你问我害怕吗，说真的，比起失败，我更害怕认输。"

"艾姐，为什么说'认输'？这个过程，并不存在比赛啊。"

"不是的小艺，我说的认输，是我不想放弃当妈妈的权利。"

"那你先生怎么想？"

"我先生啊，"艾姐说到这儿顿了顿，好像陷入回忆似的说，"我先生是个特别优秀的人。在这两三年忙于试管婴儿的过程中，我自己最大的信念就是，像我先生这么优秀的人，我一定要生一个我们的小孩，去延续他的 DNA。唉，以前太忙，好像都没有特别停下来欣赏他的优秀。"

"艾姐，我有预感，你一定会成功的！"

"谢谢小艺，我也有预感，你一定会遇见相爱的人。你就不用独自去面对这种残酷的选择了。你是值得被爱的人。"

"你也是，艾姐，我们都加油。"

"好的，小艺，我们都加油。"

也许是因为常年工作繁忙，我没有太多其他行业的朋友。行业内的人，为了避免陷入麻烦的利益关系，也没有太多深交。

因而在那样的时间碰上艾姐，既不会有利益关系又谈得来，尽管认识的时间不长，她依旧成了我信赖和关心的朋友。

后来有一阵我们没有见面，偶尔在微信上互相问候一下，也没有特别的内容。

我因为公司的内讧，又和伍锦程陷入热恋，没精力特别关注其他的人和事，因此没有再参加过"生育帮"的活动，那个期间也没有见过艾姐。

所以，她忽然出现，我相当开心。

刚好伍锦程出差，公司陷入僵局，我有大把空闲时间，就立刻赴约。

我们在丽都附近的一家咖啡店见面，我比艾姐晚到了几分钟，等我出现在店门口，她站起来迎接我的时候，我看到她明显的孕妇身材。

"啊！"我不管其他桌客人的侧目，激动地抱着她欢呼了一阵。

等落座我问："几个月了？"

"六个多月了，"艾姐说，"这次，应该不会有问题了。而且，是双胞胎。"

听到这个消息我又再次欢呼了一通。

"医生为了保证成功率，每次会放不止一个受精卵，想不到这次两个都存活了。我的宝宝们大概心疼妈妈，所以特别努力地活了下来。"

听到这句，我忍不住感动地哭起来。

"小艺，谢谢你对我这么真心。你是除了医生护士之外，第二个知道这个消息的人。我特别害怕再经历流产让大家跟我一起再经历失望，所以，忍到六个月才说的。"

"那第一个知道的是谁？"问出这个问题我就有点后悔，其实我并没有真的想知道答案，那只是顺着对话逻辑的脱口而出。

"我丈夫啊，"艾姐低头对手里的杯子笑了笑，"我今天上午才跟他说的，说完就打给你了。"

"抱歉艾姐，我没有在打听你的家事。"

"别这么见外，小艺，我先生特别忙，所以，如果这些我可以自己应对，我都不会烦他，婚姻就是这样，要为对方着想。"

"艾姐，你真了不起。"我由衷地说。尤其是在见识过那些为成为妈妈而肝脑涂地的女性之后，我知道那是一种怎样的坚持和忍耐。

"你也会的小艺，女人一旦碰上爱的人，就会变得坚强。"

"艾姐，我碰上了，"我说着，抬手给她看了看我的订婚戒指，开心地宣布，"我要结婚了！"

"真的吗？太好了！这真是我听到的最好的消息！太为你开心了！"艾姐说完又给了我一个大大的拥抱。

"艾姐，你记得我们说过的话吗？"

"我记得，小艺。我们的预感，都成真了。"

"是啊艾姐，这样真好。"

那画面好美，两个感到幸福的女人，真心诚意地为彼此送上祝福。

人类最美好的情感，不过就是为他人的忧愁而忧愁，为他人的快乐而快乐。

艾姐和我，经历过为彼此的忧愁而忧愁，也经历了为彼此的快乐而快乐，女人之间最高尚的表达就是这样了吧。

那天晚上，我发微信给伍锦程说等他忙完我们视频。他过了很久才简短地回复了两个字：好的。

我躺在客厅的沙发上睡着了，等半夜醒来，发现他并没有找过我。

我有点纳罕，从我们开始交往以来，他很少表现得这么不热情。

到了隔天晚上，伍锦程还是没有主动联络我，我开始感到不安，发微信问他："锦程，你还好吗？"

不到两分钟，我收到他的视频邀请。

"你是不是悔婚了？"接通之后，我玩笑道。

他没笑，一脸严肃地说：

"小艺，接下来，我要跟你讲一件事，答应我，不论怎么样，都请你，冷静地听完，好吗？"

我这才发现他脸上有很多胡茬，就问说："你怎么胡子都没刮？没进办公室吗？"

"是的小艺，从昨天早上到现在，我都在酒店里。"

"发生了什么事？"我焦虑地问。

"小艺，事情是这样的。在认识你之前，我有过一段超过十年的婚姻。去年，我们协议离婚了。几个月之后，我遇见了你，我以为，我的人生要重新开始了。"

他说到这儿，用手指压了压眉头，才继续说道："昨天，我忽然接到我前妻的电话——我们从离婚之后就没有见过面，而且也已经有半年没怎么联系了。我们在电话里寒暄了一阵，然后，她跟我说，她怀孕了，是我的。"

我蒙了半天，才努力找回问题：

"等等，我听不懂，你是说，你们离婚一年多，并且，半年没联系，那么，她怀孕，怎么会是你的？"

伍锦程在视频的另一端深深叹了一口气说：

"的确，听起来像天方夜谭。我也是听了她的解释，才搞明白。所以我一直在想要怎么跟你说。从昨天到现在，除了说出实情，我也并没有更好的选择。事情有点复杂，是这样的，在离婚之前，我跟我前妻尝试过试管婴儿。但我没想到，在婚内折腾了那么多次没成功，离婚之后竟然成功了。"

这时候，我的第六感像是破门而入一般猛地冲进大脑："你前妻，不会是叫艾怡君吧？"

"啊？你怎么会知道？我跟你提过她吗？"伍锦程不解地问。

我听完一阵晕眩，匆匆回了句："你没有。"

然后用所剩无几的一点力气赶紧关了电脑，接着立刻关掉手机。

那个时刻，我还在伍锦程的家里。房间里到处都是他留下的印迹，空气里混着他的味道和我的味道，那里面，还存着我幻想过的带一点淡淡彩色的天长地久。

忽然之间，这些味道猛地凝固在我眼前的空间里，它们好像碰到跟我一样的突发困境而陷入了不知何去何从的僵局，就这样任性地停滞在无常之中，让我感到想要继续呼吸是那么困难。

　　我趁伍锦程从香港回来之前，用尽最后的力气，从他的住处搬回自己的家，又把他的电话、微信甚至电子邮件全部都屏蔽掉。

　　我骗我妈说要进棚做后期接不了电话，然后把自己锁在家里，关掉电话，每天只是哭和失眠。

　　在浑浑噩噩中，不知是第四天还是第五天，我听到有人敲门。

　　敲门声很克制，不太像快递。

　　我踮着脚尖溜到门口，从门镜看到伍锦程那张我熟悉的脸。

　　我使劲捂住自己的嘴，怕哭出声被他听到，然后就背靠着墙瘫坐在地上。

　　他在门口敲了几次，又很控制地问了几声："小艺，你在吗?"

　　大概过了十几分钟，他转身离开，我听到他顺着门下面的缝隙塞了什么进来。

　　等确定他走后，我打开门，看到他留在那儿的一封信。

　　那是一封伍锦程手写的信。

　　小艺：

　　　即使开始给你写这封信，我依旧不知道，应当怎样去说明。

　　　因为这一切听起来太不真实了，连我自己都不太相信，两个离异的中年人，一年之后，又成了一对双胞胎的父母（我前妻怀的是双胞胎）。这几天，在经过跟我前妻的核实，和专业律师的介入之下，才理出事情的头绪，尽管想象你看到以下的内容都令我心痛不已。

　　　但，我又深感有责任必须向你说明实情。

　　整个的过程如下：我和我的前妻艾怡君在婚姻状态中时，曾经在专业的医院尝试过试管婴儿。在屡次失败之后，鉴于我前妻的坚持，医院为了节省交流成本，因此预存了我的精子和签名。

　　理论上说，每次人工授精，都需要夫妻双方同时到场和现场签名同意。医院简化手续固然是违反规则，但我自己也存在不可推卸的责任。

　　在医院的时候我并没有多想，等到离婚的时候也忘记特别去追究，并且，我完全不知道我前妻在我们离婚之后并没有放弃怀孕。

　　一切像一个荒诞的悲剧，发生在我向你求婚之后，更可怕的是，导致这个发生的任何一方，都不是可以谴责的全然的罪人。

　　律师给出的建议是我可以起诉医院，因为他们违规操作才造成了这个结果。

　　但我并不想这么做，虽然医院确实有违规操作，但在他们的立场，并非出于任何恶意或营利的目的。我见识过他们的工作，那种辛苦和紧张，非常人能理解跟承受。

　　况且，这不是问题的核心所在，就算我起诉医院并且胜诉，也不能改变已经有两个延续着我的 DNA 的小孩即将来到世界上这个事实。

　　那么，接下来，请你允许我再多说一两句我的上一段婚姻。在我们交往期间，我从来没有跟你特别地说起，我甚至不记得我曾经什么情况下跟你提过我前妻的名字。因为之于我，不觉得有特别的必要。而你又是一个有着很好教养的女生，从来没有过度打听。

但，事情到了这个地步，我想还是需要对你有一个简单的背景交代。

我跟我前妻是在美国期间的校友，她大我两届。

我毕业之后去华尔街实习，为了照顾我的生活，她选择放弃了学业，gap year（间隔年）去陪伴我。

她是一个品格高尚的女性，我们从认识到离异的这十几年以来，彼此尊重。后来我们一起回国，结婚，接着就陷入各自的事业奔忙。坦白说那段婚姻没有任何特别的问题，但，也没有特别的意义。我们相敬如宾，形同家人，直到离婚也没有交恶。

离婚是我提的，因为我觉得这段婚姻把我们彼此都卡在了一个没有改变也看不到希望的困境中，如果想不出更好的方法，放弃或许也是一种突破。

她没有异议，所以是和平分手。

前几年她从原来工作的地方辞职，不知为什么，开始执着于生小孩。作为一个丈夫，除了配合，我并没有给予她足够的支持和安慰。直到最近几天，为了了解事情的真相，我才意外获知她为此经历了那么多难以想象的身心的磨难，诚实地说，我感到非常愧疚。

所以，我陷入了这辈子最两难的处境。

因为我遇见了你，小艺，在你出现之前，我根本没想象过男女之间可以从精神到肉体都水乳交融到仿佛已臻化境。

我爱你，小艺。

即使在发生了这样一件匪夷所思的意外之后，我仍旧非常确定，对你的爱，没有任何改变。

这令我陷入从未有过的选择的痛苦之中。

我不知道接下来该怎么办？

我不愿意失去你，然而我也不能不对小艾和即将出生的双胞胎负责……

我努力了几次，都没有看完那封信，后面的半段，因为被我的眼泪打湿过太多次，看不太清了。

因为认识伍锦程之前的一段奇遇，我比任何人都清楚伍锦程没有在说谎，并且，他也没有说谎的理由。

可是，天晓得，我是多么希望，这里面有谎言的存在啊。

命运对我的安排真是鬼斧神工。

仿佛我去咨询冻卵，认识了艾姐，就是为了让我彻底地相信伍锦程没有说谎。

在留给我那封信之后的一个星期里，伍锦程又在我家门口出现过两次，那两次，他都只是敲门之后在门口等一阵，就离开了。

其间，我不是没有想过，为什么我不能放下一切，回到我们决定结婚的时刻，不管不顾地争取我来之不易的幸福。

假如，我们在面临爱的难题时要受制于道德，可是，全世界最有悖道德的，不正是道德本身吗？

我在自己跟自己的斗争中挣扎了好一阵，没有挣扎出结果。

也不记得过了多久，一天上午，收到小榕的微信，说公司搬家在即，有一些我个人的物品，需要我亲自处理。

我只好强打精神去了公司。

在楼下咖啡店排队买咖啡的时候，我遇见了辛竹。

辛竹也是当初在医院认识的，给过我很多冻卵的建议，她是"试管婴儿组织"的骨干。

在小榕整理她给我的那个关于冷冻卵子的剧本大纲时，我介绍她认识了辛竹，希望小榕能更深入地了解，而辛竹也非常热情地提供了很多常识和案例。

"哎呀，小榕跟我说你病了，我还说要去看看你呢！"

辛竹看到我热情地问候。

"谢谢你帮我们提供了那么多有用的素材。"我感激地说，想到那一阵的遭遇和这一段的交集，一时五味杂陈。

"你客气什么！如果能通过你们的剧让更多人了解咱们的不容易，那不就是积德嘛！"辛竹说着爽朗地笑起来。

等我们告别完，她又想起什么似的回头大声说："哎对了，你知道吗？艾姐快生了！还是个双胞胎！"

我努力地挤出笑容，努力让自己显得若无其事："是啊，我听说了，真为她高兴！"

"可不是嘛！"辛竹愉快地继续道，"那天我们在医院碰上了，七个月了！这次安全咯！"

"是啊，真不容易。"我感叹说。

"就是，太不容易！不过这就是好人有好报。对了，那天艾姐的先生也跟她一起去医院了！"

说完这句，辛竹又故意压低嗓门，像说八卦似的凑近我说："我跟你说啊小艺，跟艾姐并肩作战这么多年，一直听她说她先生这她先生那，但这个人从来没出现过，不骗你，有阵子我以为她没老公又要面子瞎编的呢！哈哈哈，没想到人家真有！不仅有，她老公样子还挺体面，不仅体面，俩人看着还挺恩爱。她老公鞍前马后地嘘寒问暖，我要到艾姐那个年纪，我老公还对我那么宝贝，我这几年的罪也就算没白受咯！"

辛竹说完这些，担忧地丢下一句："你得注意休息啊，你看看你这小脸儿黄的。"

"我没事，就是最近没睡好。"我硬撑着跟她告别。等再次恢复意识已经是四个小时之后。

"姐。"

我抬眼看到小榕。

"我想回家。"我对小榕说。

"你现在就在家。我送你回来的。"小榕说。

辛竹在咖啡店不到十分钟的出现，好像上天安排，在关键时刻打消了我回到伍锦程身边的念头。

那晚，我像当年对待那位韩国男友一样，没有正式告别，就把艾姐从微信中删除了。

也许这就是我的行为模式，在不知道能说什么的时候，无声地消失也不失为一种体面。

或是说，除此之外难道我有什么更好的选择吗？

难道要我告诉她，那个跟我热恋原本即将要结婚的人，是她的前夫和双胞胎的父亲？

艾姐是我在低谷时给过我友情的人，我怎么能说出口？

那么，我祝她幸福？

我祝不下去。

尽管我们并没有以"情敌"的姿态出现过，然而，在我跟她之间，只能成全一份幸福的话，我没有高尚到在失去挚爱的时候还能圣人般地表现出不在乎去献上祝福。

何况，如果我跟她继续保持友谊，难道我要假装无视她的伴侣，或是说，我怎么才能做到无视她的伴侣，那个我人生当中唯一的一个被我认定是"真命天子"的男人。

想起恋爱之初，我和伍锦程经常会在周末无目的地出门旅行两天。

有一次去东京，到我们最喜欢的位于代官山的茑屋书店闲逛，无意中，竟然在一堆异国文字中翻到沈从文《边城》的繁体精装版。

等走出书店，在附近的咖啡馆，伍锦程捧着那本书开心地感慨说："《边城》是我最喜欢的一部文学作品。它基本能代表我对中国近代文学的终极审美。那时候我在美国读书，之前看中文书不多，纯文学更是有限。有一阵为了追求一个热爱文艺的女同学，就假意跟她借书。虽然没多久之后，我对那个女同学的兴趣开始减退，但从她那儿借到的一本《边城》让我无心插柳地爱上了中文书。"

"锦程，什么会让你对一个人发生兴趣，又是什么会让你对一个人失去兴趣？"我饶有兴致地问。

"小艺，人生到了我们这个阶段，其实重要的是对自己和对他人的诚实，"伍锦程一脸诚恳地说，"所以，诚实地说，不论爱上谁，最终我们都不会忘记爱自己。因此，对男人来说，或许对一个女人发生兴趣很多时候是基于动物性，但想要持久的必要条件，就是这个女人的出现，有没有让你产生'要成为更好的自己'的这种冲动。同样的，一旦某一天开始，你变得对自己都没那么在乎，就不太可能继续对谁保持兴趣。"

伍锦程爱惜地抚弄着那本《边城》继续说道："不仅是人，作品也是一样。《边城》就是让我想要变得更好的作品。我还记得我第一次读到它的感受，真是，惊为天人！怎么会有这么优美的文字，怎么能写出这么优美的女性。是《边城》让我爱上读纯文学，它也建立了我对纯文学的审美。"

"锦程，我好喜欢你投入地喜欢着什么的样子。"我微笑地看他，由衷地说。

"难怪。"他笑说。

"什么难怪?"我问。

"你喜欢我，因为我投入地喜欢着你啊。"

"怎么才没几个小时，就降格成'喜欢'了，早上不还是'爱'呢嘛?"我假嗔道。

"'喜欢'和'爱'是两个维度的情感。没有喜欢的爱是靠不住的。就像我对《边城》的感情，也是一桩基于喜欢的爱。"伍锦程认真地解释说。

"我知道，锦程，我逗你呢，"我专注地看着他的眼睛说，"因为你，我才知道，原来我可以这么深地喜欢着一个人。你像一位灵魂面的瑜伽师父一样拉抻着我'喜欢'的韧带。"

"嗯，你也是，小艺，不论是喜欢，还是爱，还是情爱，你都是那个让我变得更好的双修的伴侣，简直天造地设。"

他说完把我揽过去，抬手把我的刘海往我的耳边别了别，说:"小艺，遇见你之后，我想象中的《边城》中的翠翠，大约就成了你的样子。"

"哦? 那是什么样子?"我笑问。

"淡淡的，有韵味的，令人疼惜的，值得挂念的，有种不自知的、对世界没有敌意的美。"

"嗯，听起来，就是美得不太明显呗。"我笑着揶揄自己。

"真正的美不需要太明显，真正的美需要的是知己，不是排他，也不是惊世骇俗。"伍锦程认真地解释道。

我被他的认真打动，伸手握着他的手说："不管我什么样子，我都遇见你了。命运对我足够好，我很知足。"

伍锦程沉浸在他对《边城》的感动中追问说："小艺，如果有一天我们失散了，你会像翠翠等傩送一样等我吗？"

我反问道："锦程，如果你是傩送，你会为了任何别的情义离我而去吗？"

"我不会，小艺，不论发生什么，我都不会离开你。"伍锦程认真地说。

"不论发生什么吗？"我追问。

"不论发生什么。"他肯定道。

"如果你移情了呢？"

"小艺，在我心里，你已经好像是我自己的一部分，我不敢说未来几十年人生会不会偶尔动念，但，没有人会对自己移情。"

"那么，如果我老了呢？"

"我们就是一对相爱的老人。"

"如果我变心了呢？"

"我等你回来，像翠翠等傩送。"

"你刚才不是说我才是翠翠嘛？"我试着在深情款款中讲一点笑话。

"小艺，翠翠是那个被等待煎熬的受苦的人。不论什么时候，我都不想让你受苦。"

"只要你在，锦程。只要你在，我什么都接受，什么都愿意，哪怕是受苦。"

"我当然在，小艺，我一直都在，就算你厌倦我也不管。我不仅是心里盼着归期的催送，我还是心无旁骛照顾你的'爷爷'。"

不知道是什么情绪的推动，让我们两个人，在青春不再的年纪，忽然陷入少年一般的对话中。

而在失去伍锦程之后，那个承诺一样的画面，重新释放出巨大的能量，在五脏六腑之间，决堤似的，撕裂出不规则的伤痕，我的心底，瞬间血迹斑斑。

为了努力疗伤，我接了一个需要在台湾拍摄的项目，在台北住了一个月。

等项目结束，离开台湾的前一天，我去了农禅寺，在姚仁喜设计的水月道场坐了一整天。

从朝阳到日落，那些镂空的《金刚经》的经文在我面前以难以察觉的缓慢的速度变幻着。

夜幕降临时分，有那么一个瞬间，天色呈现出所谓的"日月同辉"。

那幅画面，让我想到有一次我跟伍锦程在伊豆海边的情景。

那天，我们在星空下漫步，忽然，海面星星点点亮成一片。

"是蓝眼泪哪。"伍锦程说。

"什么是蓝眼泪?"我问。

"就是在海藻密集的晴朗的星夜，海面会像这样发光。"

"好美!"我感叹道。

"是啊，好美。"他凝神看着远处的海面说。

"你相信永恒吗?"我问。

"现在信了,"伍锦程说,"我开始相信永恒，因为我愚钝的人生，终于开始注意到生生不息。我看到生生不息，是因为我感受到所谓的'你中有我'。"

"好像这个星空。"我说。

"嗯，好像这个星空，也好像这些闪亮的海面。"

"锦程，我从来没有说过这样的傻话，但，我好想说出来。"

"什么?"他转头看我。

"遇见你之后，我开始怕死,"我仰望着星空，认真地说道,"我开始怕死，因为我好害怕会失去你。"

"小艺，你说，星空会不会失去它的海面?"

"我才不要跟你遥遥相望,"我笑说,"我就是那种庸俗的要每天和你一起吃一起睡无时不刻跟你黏在一起的女人。如果我是星空，我就要变成流星雨拼命掉下来;如果我是海面，为了接近你，必须海啸!"

"谢天谢地,"伍锦程笑说,"不过，这么辛苦的事，还是让我来吧。你这副小身子骨，不适合精卫填海。"

我记得他满脸笑容的眼神里闪着亮光，那种和那天的星空海面如出一辙的亮光。

我在水月道场日与夜衔接的边缘，回忆起那一幕，笑声和海浪声犹在，星空和眼神的亮光犹在。

我忽然有些释然，在离开伍锦程之后，似乎，那种跟他一起存在过的"怕死"的恐惧竟然也随之减退。

月色渐渐亮起来，眼前，"一切有为法，如梦幻泡影，如露亦如电"的字影在水中漾出属于"失去"的哲学：原来，一切都会结束，只不过，忙碌或相爱中的你我，经常会忘记"失去"如露如电一般的存在。

如果因为失去一个深爱的人，也就同时失去了令人备感折磨的恐惧的话，那么，是否"失去"就被重新注入了意义？

我想我永远都记得那天，我推开门，在十米之外，有一组人开始为我演奏。

我想我永远都记得那天，在四重奏的背景中，无期而来的求婚画面和贯穿始终的毫无瑕疵的温柔。

那天，几位乐手演奏的曲目是柴可夫斯基的《D 大调第一弦乐四重奏》的第二乐章《如歌的行板》。

我不知道那是伍锦程的选择还是演奏家们的自作主张，但，我也想不出有任何其他乐曲会比这首更适合长久的回忆。

如果可以为这首乐曲填词，应该没有任何文字比《金刚经》里的这句更匹配：

"一切有为法，如梦幻泡影，如露亦如电"。

爱与失去，永恒在活着的人世间。